El sultán del desierto

Susan Stephens

Bianca™

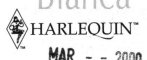

HARLEQUIN™

Editado por HARLEQUIN IBÉRICA, S.A.
Núñez de Balboa, 56
28001 Madrid

I.S.B.N.: 978-84-671-6622-4
Depósito legal: B-43846-2008
Editor responsable: Luis Pugni
Preimpresión y fotomecánica: M.T. Color & Diseño, S.L.
C/. Colquide, 6 portal 2 - 3º H. 28230 Las Rozas (Madrid)
Impresión y encuadernación: LITOGRAFÍA ROSÉS, S.A.
C/. Energía, 11. 08850 Gavá (Barcelona)
Fecha impresion para Argentina: 8.6.09
Distribuidor exclusivo para España: LOGISTA
Distribuidor para México: CODIPLYRSA
Distribuidores para Argentina: interior, BERTRAN, S.A.C. Vélez
Sársfield, 1950. Cap. Fed./ Buenos Aires y Gran Buenos Aires,
VACCARO SÁNCHEZ y Cía, S.A.
Distribuidor para Chile: DISTRIBUIDORA ALFA, S.A.

Capítulo 1

OCULTA en una piscina natural entre las rocas, Beth observaba cómo un hombre desnudo salía del mar. Beth Tracey Torrance, una buena chica, una joven tranquila, una dependienta de Liverpool, se dejaba tostar por el sol en un país extranjero. ¡Y no era un país cualquiera, sino el reino desierto de Q'Adar, donde los hombres montaban camellos y llevaban armas! Su personalidad hogareña le decía que era una locura estar allí sentada, inmóvil como los maniquíes de su tienda; pero se sentía muy atraída por aquel hombre. Podía llamarse una investigación experimental. Al fin y al cabo, tendría que hacer el informe completo de su aventura cuando volviera a casa, ¿o no?

Beth se inclinó hacia delante con cuidado para echar otro vistazo. Si antes le había impresionado la forma en que las olas golpeaban las rocas, la visión de aquel hombre la dejaba aún más anonadada. En circunstancias diferentes, habría desviado la vista, pues él estaba desnudo, pero nada parecía ser demasiado real allí en Q'Adar: ni las riquezas de fábula, ni el glamour, ni la belleza de sus gentes.

Beth nunca tenía a mano su cámara cuando más la necesitaba. Con un cuerpo tan musculoso y un porte tan regio, aquel sujeto debía de pertenecer a la orgullosa raza oriunda de Q'Adar. Y no todos los días tenía una la oportunidad de observar a un hombre tan guapo y tan imponente.

¡Sus compañeras de la tienda de lujo en que trabajaba, Khalifa, nunca la creerían! Ya las había dejado impresionadas al contarles que el premio por haber sido elegida Mejor Dependienta del Año dentro del grupo Khalifa no sólo había incluido un viaje al reino de Q'Adar. Encima, le habían regalado un vestido de cuento de hadas para llevar al gran baile que se iba a ofrecer en honor del trigésimo cumpleaños del gobernante del país, además de para celebrar su coronación como Gran Jeque. El mismo hombre que, entre su impresionante lista de negocios, poseía el grupo Khalifa.

Beth nunca había conocido a su jefe, el señor Khalifa Kadir, el legendario fundador de la cadena internacional de tiendas de lujo. Le impresionaba pensar que, tras la coronación, todos tendrían que referirse a él como Su Majestad.

El título completo era Su Majestad Khalifa Kadir al Hassan, Jeque de Jeques, Portador de la Luz para su Pueblo. Sonaba como sacado de un cuento de hadas, pensó Beth, mientras veía cómo el hombre atravesaba la playa y desaparecía detrás de unas rocas.

Y ella, Beth Tracey Torrance, iba a conocer al Gran Jeque cuando él le entregara el trofeo que había ganado. En ese momento, ¿debía inclinarse o hacer una reverencia?, se preguntó, mordiéndose el labio inferior de forma distraída. El vestido ajustado que iba a llevar puesto no le iba a dar mucha libertad de movimientos, así que quizá sólo debería hacer una pequeña inclinación al verlo... ¡Verlo!

¡Ella, una chica normal iba a conocer al Gran Jeque! Llevaba semanas soñando con ello. Sin embargo, ese pensamiento había sido eclipsado por un hombre que había visto entre las rocas.

Beth se recostó de nuevo en su toalla y cerró los ojos, derritiéndose por dentro. ¡Aquel hombre desnudo sí que se quedaría grabado en su memoria para siempre!

Antes de verla, él percibió la presencia de la intrusa. Su entrenamiento en las fuerzas especiales le había servido de mucho. El sexto sentido que había desarrollado en sus días en el ejército le había salvado la vida en más de una ocasión y también había demostrado serle una herramienta útil en los negocios. Sus beneficios rivalizaban con los de los propietarios del petróleo, y Q'Adar era una tierra rica en petróleo. La mayoría de los jeques no trabajaba, pero ¿qué reto le suponía a él gastarse la riqueza proveniente del petróleo, cuando aquél era un bien limitado y escaso? ¿Y qué satisfacción podía producirle pagar a expertos para que ganaran dinero para él? ¿Acaso podía tener alguna sensación de satisfacción sentándose en su trono mientras otros hacían el trabajo por él? Era un hombre inquieto, siempre a la caza del siguiente reto, y acababa de aceptar el mayor reto de su vida: rescatar su país, Q'Adar, del desastre.

Su Majestad Khalifa Kadir al Hassan echó la cabeza hacia atrás para disfrutar del calor del sol y se regocijó pensando que tenía la fuerza necesaria para llevar a cabo esa tarea.

Era guapísimo, un hombre increíble, se dijo ella. Y si se girara sólo un poco a la derecha...

No.

¡No! ¿En qué estaba pensando?, se reprendió.

Los pensamientos de Beth entraron en un loco frenesí cuando vio al completo el cuerpo desnudo de aquel hombre. Entonces, soltó un suspiro de alivio cuando él se volvió, dándole la espalda. No quería que se girara de nuevo, había quedado demasiado impresionada. Nunca encontraría a otro como él. Lo había visto demasiado de cerca. ¡Le había visto todo! Y había de veras *mucho* que ver. El hombre ni siquiera estaba tapado por una toalla, aunque había una doblada junto a él, sobre una roca. Por suerte, la roca estaba un poco alejada, lo que significaba que él no tendría que pasar junto a su escondite cuando fuera a agarrarla. Lo que significaba, también, que ella estaba a salvo y podía seguir observándolo. Se dijo que tendría que recordar cada detalle de aquel cuerpo, para poder describírselo a sus amigas...

Para un observador inexperto, Khal podía tener el aspecto de ignorar los peligros que le rodeaban. Pero él nunca daba nada por sentado, sobre todo en lo que se refería a su seguridad personal. Había vivido gran parte de su vida fuera de Q'Adar y aún tenía que sopesar los riesgos que podían acecharlo allí. Había regresado a su país natal por petición de los otros jeques, que le habían rogado que los dirigiera, y estaba listo para servir a su patria.

Sus experiencias vitales lo habían preparado para casi todo, menos para comprender el extraño funcionamiento de la mente de una mujer. Sus negocios habían adquirido reconocimiento internacional y no tenía asuntos personales que lo distrajeran. Ningún escándalo lo había afectado nunca. Los vaivenes emocionales eran algo desconocido para él. Su sentido del deber lo poseía y, después de haber aceptado su nueva responsabilidad, no iba a permitir que nadie lo desviara de su propósito.

Mientras caminaba a lo largo de la playa, Khal vio de reojo una mata de pelo rubio. Confirmó sus suposiciones: el riesgo era pequeño. Si fuera un agente enemigo, ya habría atacado. ¿Sería una paparazzi? De ser así, el sol ya se habría reflejado en las lentes de su cámara. No, era simplemente una mirona amateur.

Khal hundió la cara en la toalla que había dejado preparada antes de meterse en el mar y se tomó su tiempo, sabiendo que aquello provocaría un falso sentido de seguridad en la joven mirona. Podía demorarse todo lo que quisiera, pues sabía que ella no podría escapar por delante de él.

Khal estaba a medio camino entre ella y el palacio. Delante de ellos sólo estaba el océano y, detrás, miles de kilómetros de desierto. Ella no podía huir a ninguna parte, se dijo.

Además, seguro que cada vez estaba sintiéndose más incómoda bajo aquel sol, mientras que él se sentía fresco después de su baño, pensó Khal. Nadaba a diario, bien en la piscina de alguna de sus muchas casas o bien en el océano. Era uno de los pocos caprichos que se permitía. Le permitía salir de sí mismo, salir de su vida. Al enfrentar su fuerza a la del océano, se olvidaba de las hojas de resultados financieros y de la tesorería. Necesitaba ese espacio. Q'Adar se había convertido en un lugar perezoso en su ausencia y él pretendía cambiarlo, fortaleciendo las infraestructuras y eliminando la corrupción. Era una tarea ambiciosa y le llevaría varios años llevarla a cabo pero, al fin, conseguiría su objetivo. Estaba determinado a ello.

El hecho de que alguien hubiera conseguido eludir su sistema de seguridad era un ejemplo de la falta de eficacia general pero, por el momento, había decidido retrasar las represalias hasta que conociera a fondo el papel de todos los jugadores implicados. Porque… ¿qué era un país, sino un gran negocio que debía ser dirigido con eficiencia por el bien de su pueblo?

Era irónico pensar que su destreza para los negocios era una de las razones por las que los otros jeques lo habían elegido para una posición de tanto poder. La prensa financiera había ensalzado su despiadado proceder en los negocios y, por lo que se refería a sus empleados, eso era cierto. Él no se tomaba a la ligera el salario de cincuenta mil personas. Defendía a sus empleados como los jeques de la antigüedad habían defendido sus territorios y, si aquello implicaba cortar por lo sano las alas de la competencia, era lo que hacía.

Sin embargo, en ese momento, su interés se centraba en seguirle la pista a aquella joven. La emplearía como ejemplo de las deficiencias de su sistema de seguridad. Se había propuesto sorprenderla. Su ángulo de aproximación le haría pensar a ella que se estaba alejando, cuando en realidad no hacía más que acercarse con cada paso.

Mientras se acercaba a ella, Khal se obligó a ignorar la belleza del paisaje que lo rodeaba, para no bajar la guardia. Cuando había regresado al palacio, le había sorprendido un inimaginable esplendor. Todas las paredes del Palacio de la Luna estaban decoradas con hojas de oro y las puertas estaban engarzadas con piedras preciosas. Rodeado de perfumes y música que envolvían los sentidos, el único punto de anclaje que tenía en su palacio era su madre. Con la esperanza de que su hijo se casara pronto, ella había reunido a las mujeres más bellas para que él eligiera. Todas las casas reales estaban representadas y, sin duda, los esfuerzos de su madre habían complacido a los funcionarios corruptos, deseosos de que el nuevo gobernante se sumergiera en los placeres de una compañera de cama y los dejara tranquilos. Lo que ellos no sabían era que su verdadera amante era el trabajo, y allí en Q'Adar había mucho por hacer.

Beth observó cómo el hombre hundía el rostro en su toalla con una mezcla de fascinación y aprensión. Había algo en la rigidez de él que la alertaba y le decía que debía ser cauta. Sintió cierta incomodidad. Quizá él era consciente de que ella estaba allí, observándolo. Quizá no estaba sólo secándose la cara con la toalla, sino prestando atención a sus sentidos.

Cuando el hombre levantó la cabeza, la brisa marina lo despeinó, echándole sobre la cara mechones de su negro cabello. Era muy atractivo. Beth nunca había visto a alguien así antes y contuvo el aliento mientras él se ponía la toalla alrededor de la cintura.

Él comenzó a caminar, por suerte alejándose de ella. Mientras iba hacia la orilla, desapareció detrás de unas rocas…

Suspirando, Beth se relajó. ¡Qué experiencia! Deseó haber tenido a un escultor u otro artista a mano, alguien capaz de captar su belleza para compartirla con el mundo…

Beth soltó un grito cuando notó algo frío y duro presionado en su nuca. ¿Sería una pistola?, se preguntó. Pero estaba demasiado asustada como para girarse para comprobarlo.

–Levántate –ordenó una voz masculina–. Levántate despacio y date la vuelta.

Beth hizo lo que le pedían, moviéndose torpemente sobre la arena, y descubrió frente a ella al hombre de la playa.

–Me dijeron que aquí no corría ningún peligro –balbuceó ella, sintiendo que lágrimas de miedo le llenaban los ojos. No podía ver la pistola, pero sabía que debía de estar allí, en alguna parte–. El nuevo jeque ha reservado este espacio de la playa para sus empleados. Tengo un permiso –dijo y, de inmediato, recordó que no lo llevaba. Se había cambiado los pantalones, con bolsillos, por un vestido de playa–. ¿Habla usted inglés?

–Tan bien como usted –repuso el hombre, sin apenas acento en su pronunciación.

Beth se encontró mirando los ojos más duros y más

fríos que había visto jamás, enmarcados por un rostro de belleza salvaje. El hombre era el doble de alto que ella y mucho mayor. Ella levantó la barbilla. Nadie tenía derecho a asustarla con una pistola.

–¿Acostumbran aquí a intimidar a los visitantes?

Khal tuvo que admitir, para sus adentros, que la mujer tenía agallas. Pero había estado espiándolo y aquello era algo que no podía permitir.

–¿Tú acostumbras a invadir la privacidad de los demás? –replicó él.

Ella se sonrojó, delatando lo fácilmente que se dejaba llevar por las emociones. En eso eran muy diferentes, se dijo Khal.

Pero el momento de timidez pasó rápido y, pronto, aquella intrusa, descalza, con cabellos ondulados por el viento y un ligero vestido playero, estaba echando fuego por sus ojos azules. Era mucho más joven de lo que él había pensado al principio y su piel tenía la textura de un melocotón tostado. Era obvio que no estaba acostumbrada al sol de Arabia y, de forma instintiva, dio un paso adelante para cubrirla con su sombra.

–¡No te acerques! –le advirtió Beth, levantando sus pequeñas manos para protegerse.

Estaba asustada, aunque decidida a oponer resistencia.

Entonces, Khal se dio cuenta de que su pequeña y recta nariz tenía un puñado de pecas…

Irrelevante, se dijo él, sorprendido por haberse fijado en una cosa así.

¿De dónde había salido esa mujer y cómo había conseguido burlar a sus guardas? Ella no formaba parte de su mundo, de otro modo lo habría reconocido de inmediato, pensó Khal. Debía de haber sido contratada para las celebraciones. Pero... si ése era el caso, ¿qué hacía ella tomando el sol mientras los demás trabajaban?

–¿Sabe tu supervisor que estás aquí?

–¿Y el tuyo?

Khal se sorprendió ante la imprudencia de la extraña. Entonces, reconoció su acento. Los nativos de Liverpool eran populares por su audacia.

–Yo he preguntado primero –repuso él–. ¿Has considerado la posibilidad de que tu supervisor esté preocupado por ti?

–A mí me parece que el tuyo tiene más motivos para estar preocupado por ti –le espetó ella, arqueando las cejas.

–¿Qué te hace pensar eso? –replicó él, decidiendo seguirle el juego.

–¿Saben que traes una pistola a la playa?

–¿Una pistola? –repitió él, tratando de ocultar su sorpresa. Extendió las manos, con las palmas hacia arriba, para mostrarle que no llevaba armas–. Sólo intentaba llamar tu atención.

–Ah, ya. ¿Con un dedo enfriado por el mar? –dijo ella y esbozó una mirada de rabia–. Así que, aunque no uses pistola, sí asaltas a los turistas de tu país, ¿verdad? ¿Acaso no merezco la cortesía de que me respondas, después de que casi me matas del susto?

Khal estaba aún tratando de acostumbrarse a que le hablaran sin los formulismos con los que el resto del mundo se refería a él, cuando reparó en lo carnoso de sus labios y en el esfuerzo que ella hacía para mantener una expresión de afrenta. Quiso sonreír ante una mujer tan joven y tan indignada, pero se dijo que era mejor no prolongar el encuentro.

–Mis disculpas –dijo él–. Estás en tu derecho de sentirte disgustada. Como visitante de mi país, por supuesto que mereces ser honrada…

Al pronunciar aquellas palabras de hospitalidad, Khal se dio cuenta de que los ojos de su interlocutora mostraban algo más que interés. Ya no parecía tan dispuesta a dejarlo ir.

–Acepto tus disculpas. ¿Tú también trabajas aquí?

Antes de responder, Khal observó cómo ella se sonrojaba. Se sintió atraído por la hermosa figura de su cuerpo y sus exuberantes pechos.

–Eso es –respondió él al fin–. Acabo de llegar.

–Oh, igual que yo –se apresuró a decir ella–. Me imagino que has venido para asistir a las celebraciones. Me han dicho que han contratado a mucha gente nueva para eso.

–¿Ah, sí?

Ella lo miró un largo rato y luego decidió confiar en él un poco más.

–Q'Adar es un lugar hermoso, ¿no crees?

Khal estaba muy de acuerdo. El mar estaba de color jade y su Palacio de la Luna se había pintado de rosa con la luz del atardecer.

–Pero no es el lujo lo que lo hace hermoso, ¿verdad? –comentó ella–. Aunque hay mucho lujo por todas partes. A mí me parece que la ostentación cansa, cuando puedes verla en todas partes.

–¿Ostentación? –dijo Khal. También a él le había parecido que el palacio estaba muy recargado, cuando había regresado allí después de su ausencia. Pero no estaba muy seguro de cómo encajar la crítica por parte de una extraña.

–Es el escenario lo que te captura, ¿no crees? –continuó ella, señalando a su alrededor–. Creo que es la combinación de su mar, la playa y la calidez de su gente lo que hace que Q'Adar sea tan especial.

A Khal le resultaba cada vez más difícil encontrarle faltas, sobre todo cuando Beth añadió:

–Creo que, sobre todo, es la gente.

Beth se detuvo de golpe y se sonrojó, como si acabara de darse cuenta de que lo estaba reteniendo. Entonces, también se dio cuenta de que no estaba bien que se pusiera a charlar con un extraño, un hombre que incluso podría ser peligroso…

–No te haré daño –aseguró él, levantando las manos.

De pronto, el sonido de un cuerno en el palacio sobresaltó a Beth.

–¿Qué ha sido eso? –preguntó ella, mirándolo.

–Era el Nafir…

–¿El qué?

–El Nafir –repitió Khal–. Es un cuerno. Un cuerno grande, de unos tres metros de largo, hecho de cobre. Emite una sola nota.

–Entonces, no es muy útil, ¿verdad?

–Al contrario. El Nafir se hace sonar en ocasiones especiales, para anunciar ceremonias. Lo tocarán esta noche para anunciar el comienzo de la fiesta de cumpleaños del jeque.

–¿Y lo de ahora ha sido un ensayo?

–Algo así.

Beth suspiró.

–Bueno, qué alivio. Me estaba recordando a la historia de las Murallas de Jericó, ¿sabes? No me gustaría que se me cayeran un montón de piedras encima, ¿y a ti? –bromeó ella con aire jovial, mirando hacia la gigantesca estructura de las murallas.

El Palacio de la Luna existía desde hacía siglos, como símbolo de la preeminencia de Q'Adar dentro del mundo árabe, y era la primera vez que Khal oía a alguien bromear sobre él. No supo qué pensar de aquella joven, aunque se sintió muy interesado por ella.

–¿Crees que ya tienes que regresar? –preguntó él, pensando que ella debía de tener cosas que hacer.

–¿Y tú? –preguntó ella, sonriente.

–Bueno, yo puedo quedarme un rato más.

–Yo también. Aún falta mucho para la fiesta.

–¿Así que eres camarera?

Beth se rió.

–¡Oh, cielos, no! ¿Te lo imaginas? ¡Los canapés saldrían volando de la bandeja y todas las bebidas se me derramarían! ¡Nunca he sido camarera!

–¿Entonces eres una invitada?

–No sé por qué te sorprende tanto –le reprendió ella y le tocó el brazo con familiaridad–. Lo cierto es que estoy a medio camino.

–¿A medio camino de qué? –preguntó él, intentando concentrarse en la conversación y no en que ella lo había tocado.

–A medio camino entre una empleada y una invitada –informó Beth–. Trabajo para el jeque, pero mi trabajo es insignificante.

–¿Insignificante? –se interesó Khal. De todos los adjetivos que él podía haber empleado para describir a aquella joven, «insignificante» era el menos apropiado–. Yo no te describiría así.

–Muy amable –dijo ella con sinceridad–. Pero es mejor que te lo diga cuanto antes: soy sólo una dependienta.

–¿Sólo? –repitió Khal y pensó en todos los dependientes que trabajaban para él en sus tiendas de lujo en todo el mundo. Eran la pieza clave de su negocio. Los consideraba fundamentales y aquella joven era la mejor de todos, se dijo, al entender que debía de ser la elegida como Mejor Dependienta del Año–. Cuéntame más –le pidió, queriendo oír su versión de los hechos.

–Gané el puesto de la Mejor Dependienta del Año en el Grupo Khalifa y éste es mi premio –replicó ella, señalando a su alrededor.

–¿Y te gusta? –preguntó él, queriendo saber más sobre lo que ella pensaba.

–Me encanta. ¿A quién no le gustaría? ¡Y dicen que el jeque es maravilloso!

–¿Eso dicen? –preguntó él, sorprendido.

–Yo no emitiré ninguna opinión sobre él hasta que lo vea esta noche, entonces te haré saber lo que pienso.

–¿De veras? –preguntó Khal, encantado. Observó que la mujer era mucho más joven de lo que le había parecido al principio.

–¿Sabes?, siento lástima por ese jeque…

–¿Sí? ¿Por qué?

Beth lo miró con gesto solemne.

–Igual piensas que lo tiene todo, pero un hombre como ése es un prisionero para toda la vida, ¿no crees? –opinó ella y, sin esperar a que su acompañante respondiera, continuó, con gesto de preocupación–. Nunca puede hacer lo que quiere, ¿verdad? Sólo puede hacer lo que los demás esperan de él.

Khal pensó que aquella forma de hablar, tan confiada, era parte de su encanto inglés.

–¿No pueden ser las dos cosas lo mismo? –dijo él, maravillado ante el hecho de que estuviera hablando de ese tema con ella.

–Una persona tiene que ser muy fuerte para dirigir un país, sus negocios y encima encontrar tiempo para tener una vida privada.

–¿Y sientes lástima por él? –preguntó Khal, sintiéndose ligeramente ofendido.

–Sí –afirmó ella con candidez.

Antes de que Khal pudiera discutir lo que Beth había dicho, ella negó con la cabeza y añadió:

–Debe de ser odioso que la gente a tu alrededor se incline ante ti todo el día y no sepas en quién puedes confiar.

–Quizá ese jeque es más listo de lo que tú crees.

El rostro de Beth se iluminó.

–Estoy de acuerdo contigo. Debe de serlo, ¿no? Mira cómo lleva sus negocios, para empezar. Y los otros jeques no lo habrían elegido si no fuera un hom-

bre excepcional. Eso me gusta, ¿a ti no? –preguntó
ella, sin detenerse para tomar aliento.

–¿A qué te refieres?

–A que los otros jeques lo eligieran. Y, por supuesto, debe de estar muy emocionado por volver a su
hogar, para dirigir su país. Aunque ahora sus empleados estamos muy preocupados porque tememos que
venda las tiendas Khalifa.

–¿Por qué iba a hacer eso?

–Puede que pierda interés en el negocio cuando
tiene que ocuparse de dirigir un país.

–No hay peligro de que pase eso.

–Suenas muy seguro –señaló ella con interés–. Sabes algo que yo no sé, ¿verdad? –preguntó y, como él
no respondía, insistió–: Eres alguien importante en la
corte, ¿no es así?

–He oído rumores en el palacio –respondió él, qui-
tándole importancia.

–Claro. Nosotros también escuchamos rumores en
la tienda. Siempre se levantan rumores. ¿Cómo es él?
–quiso saber Beth tras un momento de silencio.

–¿El jeque?

–Debes de conocerlo muy bien si trabajas para él.
Yo estaba de baja, con una gripe, la última vez que el
jeque visitó nuestra tienda Khalifa, mala suerte. ¿Es
severo?

–Mucho.

–No es cruel contigo, ¿verdad?

–Tenemos una buena relación de trabajo –le aseguró él.

–Oh, bueno, es mejor que me vaya –indicó ella, girándose en dirección al palacio–. Gracias por la conversación. ¿Vienes? –dijo, volviéndose para mirarlo–.
Ahora tengo que irme para ponerme mi vestido de gala.

–¿Para el gran baile? Claro… –dijo Khal, que casi
se había olvidado de su fiesta. Se había dejado distraer

por un par de piernas esbeltas y bronceadas, unas caderas delicadas y una cintura de avispa. La amistosa personalidad de la joven le resultaba tan refrescante, que se permitió disfrutar de ella un momento más–. ¿Tienes muchas ganas de que llegue la fiesta, Cenicienta?

Beth puso rostro serio.

–No me llames así. No soy Cenicienta. Mi nombre es Beth Tracey Torrance –se presentó ella y le tendió la mano–. Y no estoy esperando que llegue ninguna hada madrina para salvarme. Yo soy la dueña de mi suerte.

–¿Ah, sí? –dijo él tras soltar la mano de ella, que le resultó firme a pesar de ser pequeña–. ¿Y cómo lo haces?

–Trabajando mucho –replicó ella con sinceridad–. Una vez leí algo que había escrito Thomas Edison. Ya sabes, el que inventó la luz eléctrica. Nunca la he olvidado y se ha convertido en mi lema.

–Adelante…

–Thomas Edison dijo: «La mayoría de las personas dejan pasar una buena oportunidad porque la confunden con trabajo».

–¿Y tú estás de acuerdo con eso?

–Sí –afirmó ella con énfasis–. A mí me ha funcionado. Pero es que a mí me gusta mucho mi trabajo.

–¿Te gusta?

–Me encanta la gente –explicó ella, con los ojos brillantes de entusiasmo–. Me encanta ver sus caras cuando encuentro algo en la tienda que va a marcar una diferencia en sus vidas. Quizá un regalo o algo que se compran a sí mismas… no importa. Lo que me gusta es ver cómo esa mirada transforma sus rostros…

–¿Así que eso de la mirada es el truco de tu éxito?

–Bueno, mis compañeras de planta son tan buenas como yo –aseguró Beth–. Las cifras de ventas son sólo cuestión de suerte, ¿no crees?

Después de lo que Beth le había contado, Khal lo dudó mucho. El cuerno ceremonial sonó de nuevo pero, en esa ocasión, ella no se sobresaltó.

–¡Qué romántico! –exclamó Beth.

Ambos miraron hacia las banderas que estaban izando en su honor en las torres del palacio. El sol se había puesto lo suficiente como para teñir de rosa pálido las murallas de la ciudadela. Quizá era eso lo que ella consideraba romántico, se dijo Khal.

–Imagina que todo este lío se organizara en tu cumpleaños –dijo ella, llamando su atención de nuevo–. Pensé que yo era afortunada, pero…

–¿Afortunada? –la interrumpió él, deseando saber más sobre su vida.

–Tengo la mejor familia del mundo –aseguró ella con pasión y se rió–. Cuidan mucho los detalles en mis fiestas de cumpleaños. Me dan sorpresas maravillosas… Ya sabes a lo que me refiero.

Lo cierto era que Khal no lo sabía. Sus padres lo querían, pero su vida siempre había estado teñida por la obligación. Había tenido poco tiempo para disfrutar y mucho que aprender. Si no lo hubieran elegido como Gran Jeque, de todos modos habría regresado a Q'Adar para servir a su pueblo de alguna manera.

–Supongo que el jeque estará allí ahora –comentó ella, mirando hacia el palacio–. Apuesto a que ya están descorchando las botellas de champán.

Lo más seguro era que estuvieran esperándolo ansiosos, pensó Khal. Había estado fuera durante demasiado tiempo. Los planes para la celebración habían sido preparados con rigor, minuto a minuto, y sin sorpresas. Su fiesta de cumpleaños no se parecería en nada a las que Beth había evocado. Sería una ceremonia rígida y salpicada de dificultades, sobre todo para una joven inocente como Beth Tracey Torrance.

–¿Tienes pareja para la fiesta de esta noche?

–¿Pareja? –replicó ella, lanzándole una mirada coqueta–. ¿Por qué? ¿Te estás ofreciendo a acompañarme? Porque si es así, creo que es hora de que me digas tu nombre.

–No podré. Estaré trabajando –le recordó él.

–Oh, no te preocupes. Sólo bromeaba. Sé que debes de tener mucho que hacer y lo más probable es que tengas cientos de mujeres preciosas en tu harén… –señaló ella y se interrumpió de golpe, tapándose la boca–. ¡Oh, perdón! ¡Perdón! ¡No quería decir eso! Odio los estereotipos, ¿tú no?

–No pasa nada –repuso él–. En cuanto a mi nombre, puedes llamarme Khal…

–¿Khal, como Khalifa? –le interrumpió ella–. Vaya coincidencia… –comentó y se quedó mirándolo. De pronto, se puso pálida–. No es una coincidencia, ¿verdad?

Capítulo 2

TRES cosas sucedieron en un instante. Los guardaespaldas de Khal aparecieron de la nada, Beth gritó mientras uno de ellos le apuntaba con una pistola a la cara y Khal se lanzó a su rescate, apartando la pistola con tanta fuerza que su guardaespaldas reculó.

–¡Dejadla! –ordenó Khal.

Beth esbozó una mueca de terror y Khal se acercó a ella para tranquilizarla. Sus hombres habían irrumpido de repente y habían empleado una agresividad innecesaria. Ella era joven y no estaba acostumbrada a tanta violencia.

–Ven –dijo Khal, tendiéndole la mano para que se acercara más a él.

Beth negó con la cabeza y no quiso mirarlo. Khal percibió su miedo. Maldijo en silencio a sus hombres. Había estado tan llena de vida hacía unos momentos… Después del susto, se había quedado apagada, como si su inocencia hubiera sido vapuleada. Aquella mujer había viajado a Q'Adar con una idea romántica sobre la vida en un reino en medio del desierto y él no podía esperar que entendiera la dura realidad de su país. No quiso perder tiempo en regañar a sus hombres.

–¿Quieres ir caminando conmigo al palacio, Beth? –la invitó él.

Ella negó con la cabeza.

Khal no podía culparla después de la forma horrible en que la habían tratado. Seguro que ella nunca se había tenido que enfrentar a nada semejante, se dijo.

–¿Así son las cosas aquí? –preguntó Beth al fin.

Khal se sorprendió al ver que la cálida mirada de su acompañante se había vuelto fría como el acero.

–Si te refieres a los guardias…

–Y a las pistolas.

–Son una precaución necesaria.

–¿Para protegerte de tu pueblo? –le espetó ella, moviendo la cabeza con desaprobación–. Entonces, sí que siento lástima por ti… –añadió, y se alejó caminando.

Khal había sacado su currículum vitae de un archivo y lo estaba leyendo en la bañera. Era obvio que Beth tenía un don para las ventas. Junto con los datos sobre su trabajo, encontró varias referencias. No sólo de sus jefes, sino también de sus colegas. Decían que, si Beth Torrance tenía alguna falta, era no saber lo buena que era…

Khal sonrió al pensar en ello, en Beth… Y él rara vez sonreía, porque la vida era algo muy serio. Era una mujer tan inocente… Pero, claro, sólo tenía veintidós años, se dijo. Aun así, tenía la suficiente confianza en sí misma como para defender lo que pensaba y luchar por lo que creía. Los dos se parecían mucho en eso, observó él para sus adentros.

Siguió repasando la carpeta sobre Beth y leyó sus informes del colegio, donde había sacado muy buenas notas y había sido capitana del equipo de hockey. Nada más acabar el colegio, había entrado en un curso de formación del grupo Khalifa, que había consistido en trabajar en todos los departamentos de la tienda durante cinco años.

Entonces, Khal telefoneó a su madre y le pidió que asignara a una de sus ayudantes para cuidar de su visitante.

–Es una mujer muy joven, en una tierra extranjera, y

debemos asegurarnos de que su estancia sea… —comenzó a decir Khal y se interrumpió para buscar las palabras adecuadas– cómoda y segura –añadió y colgó, ignorando el tono de curiosidad de la voz de su madre.

La asistente que enviaron para ayudar a Beth a vestirse era buena escuchadora.

–Les prometí que pondría el trofeo en la sala de empleados –explicó Beth mientras su ayudante le ponía una orquídea en el pelo–. Quería compartirlo con todos. Pero no tendré un trofeo que compartir, ¿verdad? El jeque ya no querrá dármelo…

La criada negó con la cabeza.

–Bueno, no sirve de nada mirar el lado negativo, ¿no es así? Es mejor que me ponga el vestido porque, con trofeo o sin él, pienso ir al baile.

Al menos, si asistía a la fiesta, tendría algo que contarles a sus amigas, pensó Beth. Se puso en pie y miró el hermoso vestido de noche que colgaba de un perchero junto a la puerta. Se le aceleró el corazón. Pero no iba a esconder la cabeza ni a huir, se dijo con decisión, aunque era lo que más le apeteciera hacer. No. Iba a ir a la fiesta e iba a mirarle a la cara al fabuloso y guapísimo Gran Jeque y, si tenía la más mínima posibilidad de volver a Liverpool con su trofeo, lo haría.

–¿Me puedes ayudar, por favor? –pidió Beth a su ayudante.

Mientras Beth seguía distraída pensando en Khal, la criada le acercó la bata.

–No, me refiero al vestido…

La criada se sonrojó y, al fin, Beth entendió.

–No hablas inglés, ¿verdad?

–Lo *sento* –consiguió decir la joven, con un marcado acento.

–No, soy yo quien debe disculparse –replicó Beth y sonrió–. Te he contado mi vida y no has entendido ni una palabra.

Beth descolgó el vestido del perchero y se lo tendió a la criada.

–Parece que me he dejado el cerebro en casa –comentó Beth y miró a su perpleja ayudante–. No te preocupes si no me entiendes, no te pierdes gran cosa.

Beth hizo una mueca cuando se vio a sí misma caminando por el pasillo con sus zapatos de tacón alto. Las paredes doradas estaban cubiertas de espejos y no había modo de escapar a la verdad. ¡Ni a su guardaespaldas! Habían enviado a una mujer de mirada fiera para cuidar de ella. ¿Llevaría también pistola?, se preguntó mientras se esforzaba por seguirle el paso. Los zapatos la estaban matando. Unos tacones como los que llevaba requerían la destreza de un equilibrista… algo que, sin duda, ella no era.

–¿Puede ir un poco más despacio, por favor? –pidió Beth a su guardaespaldas.

La otra mujer no respondió y Beth pensó que era mejor no insistir. Sin duda, aquella guardaespaldas era el tipo de persona con la que no convenía meterse en problemas. Así que continuó esforzándose por seguirla, caminando con la cabeza hacia delante para impulsarse.

Caminaban tan deprisa que el corazón de Beth comenzó a latir a más velocidad todavía. Su peinado había empezado a venírsele abajo y le caían algunos mechones sobre la cara. Por si no fuera bastante, había estado charlando con el Gran Jeque como si él hubiera sido un simple bañista, recordó. ¡Y lo había visto desnudo!¿Y si los nervios la traicionaban y comenzaba a reírse como una boba al verlo?

Las dos mujeres se detuvieron frente a dos puertas gigantes y unos hombres vestidos con túnicas las abrieron. Beth los saludó con una sonrisa, que provocó una mirada de desaprobación en su guardaespaldas. La sala de baile estaba llena y pareció quedarse en completo silencio cuando ella entró, ¿o lo había imaginado? No, no lo estaba imaginando. Todos se giraron para mirarla. El evento había reunido a grandes personalidades de todo el mundo y había allí suficientes diamantes como para hundir un barco con su peso. ¿Acaso alguna de esas personas la habría visto en la playa con el jeque? ¿Pensarían que el premio que había ganado estaba amañado y había sido un truco para llevarla a Q'Adar para que el jeque pudiera disfrutar de ella?

Beth tembló al pensar lo que estaría pasando por la cabeza de la gente. Pero su guardaespaldas continuó caminando y ella se dijo que debía recomponerse rápido. Echándose hacia atrás el pelo, levantó la barbilla, haciendo que la flor que la criada le había colocado en la cabeza se le cayera sobre un ojo. Se colocó la flor de nuevo y continuó hacia delante. No sabía que unos ojos oscuros la miraban con interés desde detrás de una pantalla velada.

Beth había estado sentada a una mesa oscura en una esquina del salón durante casi una hora. No quería estar arrinconada así, como si quisieran ocultarla y olvidarse de ella, y con aquella guardaespaldas controlándola como un perro policía. Necesitaba charlar. Necesitaba moverse.

Decidió que ya había sido suficiente. No pensaba quedarse allí para seguir siendo ignorada. Ella era la embajadora de la tiendas Khalifa y no tenía ninguna intención de quedarse escondida en las sombras, sintiendo lástima de sí misma.

Beth hubiera llevado a cabo sus intenciones de forma brillante si hubiera estado acostumbrada a llevar unos tacones tan altos, pero no fue así. Se cayó al borde de la pista de baile, justo enfrente de una hermosa y alta princesa. Al menos, ella pensó que debía de ser una princesa, a juzgar por la cantidad de diamantes que lucía.

–Lo siento mucho –se disculpó Beth e intentó ponerse en pie, sin conseguirlo, pues sus tacones de aguja se resbalaban en el suelo de mármol.

Mientras tanto, la princesa y sus asistentes se alejaron. Fue una joven que había estado presenciándolo todo quien se acercó para ayudarla.

–Gracias –dijo Beth mientras la otra joven la sujetaba.

–¿Seguro que estás bien? ¿Por qué no te unes a nosotros en nuestra mesa? –invitó la joven, señalando hacia un grupo de gente–. Hemos estado observándote –admitió–. Fue horrible cómo se te quedó todo el mundo mirando cuando entraste…

–No te preocupes por mí –replicó Beth, esforzándose por contener las lágrimas–. Estoy bien… –aseguró y se dijo que podía superarlo, aunque tenía el vestido rasgado y la flor que había tenido en el pelo estaba aplastada en el suelo–. Pero gracias por venir a ayudarme.

–Bueno, si cambias de idea…

–Lo tendré en cuenta –afirmó Beth–. Y gracias de nuevo…

Recomponiéndose, Beth miró a su alrededor y, en esa ocasión, nadie le devolvió la mirada. Nadie quería relacionarse con una don nadie, pensó ella. Excepto su nueva y joven amiga.

Quitándose el pelo de la cara, Beth se preguntó qué podría hacer y se dijo que lo mejor era observar lo que hacían los demás. ¿Qué le parecería a Khal todo aquello? ¿Qué significaría para él? Beth adivinó que todo el mundo parecía estar interesado en él por alguna razón y aquella celebración no era más que otra oportunidad para los arribistas.

Había sólo una mesa donde la gente se estaba divirtiendo de forma auténtica, observó. Y era la mesa donde estaba sentada la joven que la había ayudado. En ese momento, deseó haber aceptado la invitación a sentarse con ellos. Pensó que, quizá, lo mejor que podía hacer era irse y comenzar a hacer las maletas para regresar a su hogar. Pero no podía, porque había ido allí para representar a sus colegas de las tiendas Khalifa.

Capítulo 3

DESPUÉS de observar el salón de baile desde su mirador privado, Khal fue a dar un paseo por sus jardines. Siempre se concentraba antes de aparecer en público y aquella noche necesitaba reunir toda su calma interior. Se había dejado distraer por una joven recién llegada de Inglaterra y, por mucho que tratara de centrarse, sus pensamientos siempre terminaban en Beth Tracey Torrance.

Ella era mucho más que un soplo de aire fresco, se dijo Khal, mucho más. Debía de haber imaginado que iría a recoger su trofeo a pesar de la situación tan embarazosa que había vivido en la playa. Y él tenía que admitir que había sentido una oleada de placer al verla en la sala de fiestas, como si el dirigente de Q'Adar pudiera permitirse sentir emociones. Pero Beth era una entre un millón, una persona diferente, y lo había hecho sonreír. Era una mujer sencilla y del todo ajena a los modales de la alta sociedad. Apretó los labios al recordar cómo se había alejado de él en la playa. ¿Quién se había atrevido alguna vez a darle la espalda? Beth era joven e inocente, pero muy apasionada y no temía mostrar sus sentimientos, lo que era nuevo para él. Pero debía sacársela de la cabeza. Aquella noche tenía que mostrarse fuerte y no podía dejarse distraer pensando en relaciones personales. Si alguna vez en el futuro formaba una alianza con una mujer, sería con alguien de una cultura similar a la suya, alguien que entendiera las presiones que se ocultaban tras la vida real, alguien que hubiera sido educada para ello desde su nacimiento. Aquella persona tendría que poseer suficiente confianza en sí misma como para aparecer impasible y digna a su lado en todas las ocasiones.

¿Pero podría sacarse de la cabeza esa imagen de Beth Tracey Torrance y su contagiosa sonrisa? No podía olvidar la manera en que ella lo había mirado. Ni olvidaría sus carnosos labios, ni sus ojos azules, pero debía abandonar esos pensamientos de inmediato porque el deber lo llamaba.

Beth seguía de pie junto a la pista de baile cuando la orquesta dejó de tocar y un gran silencio se apoderó de la sala. Todas las elegantes parejas que poblaban la pista comenzaron a regresar a sus asientos. Ella aprovechó el revuelo para escapar a la mirada de su guardaespaldas y acercarse a la mesa donde la habían invitado.

Como Beth había esperado, los jóvenes de la mesa le dieron la bienvenida y enseguida la incluyeron en su conversación. Pronto descubrió que se trataba de un grupo cosmopolita, que habían ido a la escuela en Inglaterra y que habían vuelto hacía poco a Q'Adar, llamados por sus familias para mostrar su apoyo al nuevo líder.

–¡Así es! –la informó Jamilah, la joven que la había ayudado en la pista de baile–. El jeque estará aquí en cualquier momento…

Beth asintió y, al mismo tiempo, se le quedó la boca seca y su corazón se puso a latir como loco.

Las trompetas anunciaron la apertura de las puertas doradas. Hasta el más experimentado diplomático y los más suntuosos príncipes parecían nerviosos, observó ella. Y no le sorprendió. Seguro que ninguno de ellos había presenciado antes tanto esplendor. Las luces del salón se hicieron más tenues y los focos situados sobre las puertas doradas se hicieron más intensos.

Bañado en la luz, apareció un hombre alto e imponente, vestido con una túnica negra bordada con hilo de oro.

–El maestro de ceremonias –le explicó la chica que estaba sentada junto a Beth.

El hombre vestido de negro se quedó quieto un momento antes de dar unos pasos hacia el salón. Los focos lo siguieron y, ante una seña suya, se ampliaron para iluminar toda la pista de baile. Llegaron cuatro músicos con trompetas doradas. Llevaban el distintivo negro, rojo y dorado del clan Khalifa, con un halcón negro, que era el símbolo personal de Khalifa Kadir al Hassan. El mismo dibujo aparecía en los banderines que colgaban de sus instrumentos. Los carrillos de los músicos se inflaron y un sonido metálico cortó el silencio. Sonó su eco una y otra vez y, cuando se hizo de nuevo el silencio, los miembros del Consejo Real entraron en el salón, calzados con sandalias. Algunos llevaban relucientes cinturones engarzados con lapislázuli, otros tenían cimitarras doradas en el cinto y unos pocos llevaban colgados de los cinturones manojos de llaves. Todos aquellos hombres poderosos se formaron como un grupo de palomas adiestradas para esperar al Gran Jeque.

Apareció entonces un joven montado a caballo. Llevaba una pequeña y brillante corneta y, ordenando a su caballo levantarse sobre las patas traseras, la hizo sonar. Era la señal para que entrara un grupo de jinetes y se uniera al primero. Todos montaban maravillosos sementales árabes y todos llevaban el rostro cubierto, de manera que sólo podían verse sus fieros ojos negros por debajo de sus ropas. Largas dagas brillaban en sus cintos y sus modales eran los de unos verdaderos guerreros, adheridos al nuevo líder.

El corazón de Beth latió con fuerza mientras los observaba colocar sus caballos en fila. El silencio volvió a reinar en la sala, sólo roto por los sonidos de los animales.

Entonces, entró él, más alto que cualquier otro hombre de la sala, demostrando que no necesitaba exhibirse, ni llevar caballo, ni anunciarse con una trompeta. Su Majestad Khalifa Kadir al Hassan, Gran Jeque, Portador de la Luz para su Pueblo, tenía el don de conquistar la atención con su sola presencia. Cuando su mirada sobrevoló la habitación, todos se pusieron en pie.

Excepto Beth, que se quedó paralizada en su silla, admirando al Gran Jeque. Iba vestido con una sencilla túnica beduina y no necesitaba ni oro ni armas para imponer su autoridad. Emanaba poder y ella se sintió atraída por su fuerza y virilidad. Era el hombre que cualquier mujer desearía por amante, protector y padre de sus hijos. Pero no era momento para soñar despierta, se reprendió a sí misma.

Más que nada, Beth siempre había querido tener una familia propia. La familia de la que siempre hablaba era una ficción que había inventado para sentir que formaba parte de algo. En ese instante, se dio cuenta de que siempre había estado buscando a su hombre ideal. Y ya lo había encontrado, aunque sus sueños acerca del Gran Jeque no eran más que otra ficción. Un hombre como Khal se casaría pensando sólo en el bien de su pueblo, el amor no intervendría en su matrimonio. ¡Y Beth Tracey Torrance, de Liverpool, no tenía ninguna posibilidad!

–Khalifa Kadir al Hassan… –presentó el heraldo ante la asamblea de invitados.

Al oírlo, Beth salió de sus ensoñaciones y se dio cuenta de que todos estaban de pie, ¡menos ella! Se levantó con brusquedad, de inmediato, y casi tiró la silla.

Khal la vio al instante, y no sólo porque era la única persona en la sala que no se había levantado. La vio porque parecían estar unidos por algún vínculo invisible. Algo que, además de ser inconveniente, no podía permitir que sucediera. Apartó la vista de ella. Era hora de olvidar a Beth Torrance y concentrarse. Pero cada vez que su mirada recorría la sala, se encontraba con Beth.

La había mirado, se dijo Beth. Sí lo había hecho. ¡No era cosa de su imaginación! El Gran Jeque la había recordado y la había mirado. Al menos, no la había olvidado. ¡Beth Tracey Torrance le había causado alguna impresión al jeque!, se dijo, esperando con impaciencia el momento de contárselo a sus amigas.

Pero, entonces, Beth comenzó a ponerse nerviosa. Quizá el jeque la recordaba porque le había dado la espalda en la playa y se había alejado de él de forma tan descortés. Y aún no tenía en sus manos el trofeo, el trofeo que les había prometido a sus amigas llevar a la tienda. Se mordió el labio inferior y se sentó de nuevo, intentando concentrarse en los discursos.

Khal era incapaz de concentrarse en los discursos, su mente no hacía más que fijarse en Beth y en el hecho de que ella lo miraba todo el tiempo. Se dio cuenta de que en la sala sólo ellos dos parecían distraídos, el uno a causa del otro. Y llegó el momento en que él tuvo que hablar.

Khal pronunció un discurso amable y breve. Y cuando todo el mundo se levantó para inclinarse ante él, hizo un gesto para que se sentaran, con más impaciencia de la que había pretendido. La culpa la tenía Beth. Necesitaba quitársela de la vista.

Beth se sobresaltó cuando los guardias de honor del Gran Jeque comenzaron a vitorear a su dirigente, para demostrarle su lealtad. Ella ni siquiera los había visto entrar. Había estado demasiado distraída mirando a su líder. Y él la había mirado. No era fruto de su imaginación. Y ella lo deseaba con locura, reconoció, mirando a su alrededor con culpabilidad, como si hubiera cerca alguien capaz de leerle el pensamiento. ¿Quién era ella para fijarse en el jeque?

El grupo Khalifa era uno de los mejores del mundo en cuanto al cuidado de sus empleados. Por eso ella estaba allí. El trofeo que había ganado era otro ejemplo de lo mucho que Khalifa Kadir consideraba a sus empleados. Sin embargo, lo cierto era que en ese momento, Khal parecía cualquier cosa menos amable, más bien era la viva imagen de un gran jefe guerrero.

Khal estaba pendiente de ella en todo momento. Sentado a la mesa de la familia real, se dijo que esa distracción no era más que su preocupación natural por una visitante extranjera e inocente. Beth, Beth… , repitió para sus adentros. Pensar en ella ya le había consumido demasiado tiempo. Era lógico que ella lo estuviera mirando para poder contarles a sus amigas todo al detalle cuando regresara a su casa, eso era todo. Les contaría que había mirado al jeque y que él le había devuelto la mirada.

Beth se sintió sobreexcitada. Necesitaba calmarse. Miró hacia la salida. La joven que se hallaba sentada a su lado le preguntó si le daba su plato de pastel de chocolate, que Beth apenas había tocado.

–Puedes quedártelo –ofreció Beth, sonriendo.

–¿Estás segura?

–Sí –afirmó Beth, agradecida porque algo la distrajera de mirar al jeque–. Me siento demasiado abrumada –admitió, cambiándole el plato a su compañera de mesa–. No puedo más. No estoy acostumbrada a asistir a fiestas como ésta.

–¡Qué suerte tienes! –exclamó la otra chica, riendo–. Imagina tener que ponerte un vestido apretado como éste de forma habitual –observó y se acercó a Beth para añadir, en tono confidencial–: A mí me gusta más galopar por el desierto.

–A mí me encantaría –dijo Beth, pensando en lo romántico que sonaba.

–Lo harás si te quedas aquí lo bastante –le prometió su compañera de mesa.

–Vuelvo a mi casa pronto –explicó Beth.

–Entonces, tendrás que regresar, ¿no crees? ¡Oh, mira! –exclamó su joven amiga. Agarró a Beth del brazo y señaló a un mayordomo real, que hacía señas para requerir la presencia de Beth con impaciencia–. Creo que te están llamando. ¡No me habías dicho que eras alguien importante!

–Te aseguro que no lo soy –repuso Beth.

–Bueno, buena suerte de todos modos –le deseó la chica, tocándole el brazo.

–Gracias. ¡Voy a necesitarla!

–¿Así que ésa es tu pequeña dependienta? –comentó la madre de Khal mientras Beth se aproximaba–. Es muy bonita, pero estoy segura de que se siente bastante desorientada aquí. ¿Por qué no me acerco a ella y le doy confianza?

–¿Tú, madre? –dijo Khal, afilando la mirada. Su madre tenía muchas ambiciones para él y se sintió preocupado porque ella se fijara de pronto en Beth. Seguro que Beth no sabía cómo comportarse con ella, se dijo, e hizo amago de levantarse de la silla para detener a su madre.

–Parece que has olvidado que yo no era nadie cuando llegué a este país. Sé bien cómo se siente una extranjera en una tierra extraña.

Khal no lo había olvidado.

–Beth ya tiene su billete de vuelta para Inglaterra.

–¿Beth? –repitió su madre, mirando a Khal con curiosidad.

–Madre –murmuró él–. No eres tan sutil como yo te recordaba.

–Eso es porque cada vez estoy más desesperada, hijo. Quiero que encuentres esposa y sientes la cabeza.

–¿Por eso has invitado a todas las mujeres solteras que has encontrado para decorar esta celebración?

La madre de Khal levantó la barbilla y se negó a responder.

–Puede que algún día siente la cabeza, madre, pero no lo haré con una mujer inapropiada.

–¿Como una dependienta?

–¿Te preocupa Beth? –dijo Khal y se rió para quitarle importancia–. Te prometo que tendrás los nietos que tanto deseas, pero todavía no –afirmó y se llevó la mano de su madre a los labios para besarla.

–Te quiero, Khalifa –dijo su madre, mirándolo a los ojos–. Lo que significa que deseo lo mejor para ti.

–Yo también te quiero, pero me desespero cuando te dejas deslumbrar por las apariencias –dijo él, mirando hacia el ejército de princesas que luchaban por captar su atención–. Encontraré a mi prometida cuando llegue el momento. Y ahora, si me disculpas…

Su madre no insistió más y Khal se dispuso a sentarse de nuevo cuando un grito proveniente del pie de las escaleras le hizo girarse. Un camarero había derramado una bandeja llena de bebidas sobre Beth y había echado a perder su vestido de noche.

–¿Quieres que me quede sentada, hijo? –le susurró la madre de Khal al oído–. ¿O te parece bien que me acerque y la ayude?

Khal apretó la mandíbula frustrado. Hubiera preferido que las dos mujeres no se conocieran.

–No sería apropiado que fueras tú en persona a ayudarla a salir de la sala y traerla de regreso más tarde con un vestido nuevo, ¿verdad? –observó la madre de Khal.

–No estoy seguro de a qué te refieres. Pero te aseguro que me importa muy poco lo que digan de mí.

–Pero la reputación de Beth se vería afectada.

Khal se sintió derrotado y su madre arqueó las cejas.

–Deja que vaya a ayudarla, Khalifa, y te prometo devolvértela sana y salva…

Khal sopesó las posibilidades. La desesperación de Beth no había hecho más que aumentar cuando había intentado limpiarse las manchas con una servilleta que alguien le había tendido. Su noche estaba a punto de convertirse en un desastre.

–Ve con ella y asegúrate de traérmela sana y salva –pidió Khal a su madre–. Y sé amable con ella. Por favor, recuerda que Beth tiene que recoger su trofeo, así que no la entretengas. Debe recibir su premio antes de que pueda empezar el baile.

Khal temió por Beth cuando observó a su madre acercándose a ella, como un galeón a toda vela, con su flotilla de estiradas asistentes detrás de ella. Sin embargo, pensó que Beth sabría manejárselas y, en cualquier caso, su madre le estaba haciendo un favor al quitársela de la vista.

Capítulo 4

GRACIAS, Su Majestad. ¡Es usted muy amable! –exclamó Beth, sonrojándose al tiempo que hacía la primera reverencia de su vida.

La madre de Khal la había llevado a sus estancias privadas. Estaban rodeadas de sedas, satenes y perfume francés, en la más suntuosa habitación del mundo.

–No pasa nada –dijo la madre de Khal–. Cualquier amiga de mi hijo es…

–Oh, no somos amigos –afirmó Beth con franqueza y se sonrojó de nuevo al percibir los gestos de desaprobación de las asistentes reales por haber interrumpido a Su Majestad–. Quiero decir que su hijo es mi jefe, nada más.

–¿Tu jefe? –repitió la madre de Khal.

–Eso es. No nos habíamos conocido hasta hoy –explicó Beth–. Yo no fui a trabajar el último día que él visitó la tienda. No le había visto nunca hasta que nos encontramos en la playa.

–¿En la playa? ¿Conociste a mi hijo en la playa?

Así que su madre sabía que Khal se bañaba desnudo, pensó Beth. Le ardieron las mejillas.

–Yo no lo miré. Quiero decir… no me lo quedé mirando…

–Eso espero –observó la dama, limpiándose la nariz con suavidad con un pañuelo de encaje.

–Y apenas hablamos –se apresuró a añadir Beth.

La madre de Khal se había girado, para ocultar quién sabía qué pensamientos, observó Beth.

–Sacad el vestido de estrellas –ordenó la madre de Khal.

Beth miró a las asistentes reales, que parecían muy sorprendidas. Cuando vio el vestido que la mujer mayor había elegido para ella, comprendió su asombro. Era impresionante y debía de costar una fortuna. Estaba hecho de hilo de plata, entretejido con pequeños diamantes.

–Oh, no podría… –comenzó a decir Beth.

–¿Crees que está pasado de moda? –preguntó la madre de Khal.

–Oh, no, me encanta –aseguró Beth de forma impulsiva–. Lo que quiero decir es que no soy digna…

–No estoy tan segura de eso –dijo la madre de Khal e hizo una seña a sus asistentes–. Ayudad a esta joven a vestirse –ordenó.

Cuando Beth estuvo lista, se giró para mostrarle a la madre de Khal el vestido. Al principio, se hizo el silencio.

–Estás muy hermosa, querida –observó la madre de Khal al fin–. Espero que disfrutes del vestido. Perteneció a mi hija…

La mujer mayor se interrumpió y Beth percibió cierta tensión en la habitación, como si el comentario de la madre de Khal tuviera algún significado que ella ignoraba.

–Su Majestad –dijo Beth con suavidad, para no molestarla–. Me siento abrumada por su generosidad y prometo cuidarle bien el vestido.

La madre de Khal asintió con la cabeza, pero no habló. Beth percibió una gran tristeza en ella.

–Ya le he robado bastante tiempo –dijo Beth–. Le devolveré el vestido mañana por la mañana.

–Ahora, si estás lista, mis ayudantes te escoltarán hasta la sala de fiestas –dijo la madre de Khal e hizo una seña para que la dejaran sola–. Me recuerdas a mí cuando tenía tu edad –murmuró la madre de Khal cuando Beth se disponía a salir de la habitación.

Cuando Beth entró en la sala de celebraciones, todos se giraron para mirarla, incluido Su Majestad Khalifa Kadir al Hassan. Ella se sintió recorrida por una corriente de excitación. Mantuvo la cabeza alta mientras la multitud se apartaba para dejarle paso. Debía disfrutar de ese momento, se dijo. No todos los días podía lucir un vestido así y desfilar delante de todas aquellas personas importantes. Caminó despacio, decidida a no caerse y estropear aquel hermoso vestido, lo que significaba que no debía dejar que nadie la distrajera, ni siquiera él…

–Señorita Torrance…

La voz profunda y masculina de Khal la hizo estremecerse. Beth se obligó a sí misma a pensar en sus amigas de Liverpool y se dijo que no debía quedar como una tonta.

–Su Majestad… –saludó Beth e hizo una perfecta reverencia.

Khal la tomó de las manos y la hizo incorporarse. Cuando lo miró a los ojos, vio severidad en ellos. ¿Qué habría hecho mal esa vez?, se preguntó ella.

¿Por qué su madre le había dado aquel vestido?, se preguntó Khal. ¿Por qué el vestido de su hermana? Quizá era el modo que tenía su madre de recordarle que él había cerrado su corazón a los sentimientos desde que había ocurrido la tragedia y que era hora de formar parte del mundo de nuevo, pensó.

Intentó olvidar los recuerdos dolorosos y, después de presentar a Beth ante los invitados, le tendió el trofeo.

–Felicidades, señorita Torrance –dijo él con aire formal.

Khal tenía un aspecto muy lúgubre, pero a Beth no le quedaba más remedio que estrecharle la mano y darle las gracias. Tenía que hacerlo. Levantó la barbilla y miró a los ojos al dirigente de Q'Adar, un hombre que podía resultar atractivo bajo cualquier circunstancia. Si no fuera por la ausencia de sentimientos que mostraba, sería un hombre perfecto, se dijo.

Khal dio un paso atrás mientras el público aplaudía.

Era mejor no gustarle, se dijo Beth. ¿Acaso preferiría que se fijara en ella, que la sonriera, que la deseara? No, claro que no. De hecho, se sentía aliviada.

¡Mentirosa!, se acusó a sí misma. Entonces, se obligó a sonreír ante la audiencia y dio las gracias a todos.

–Y antes de que comience el baile de nuevo… –comenzó a decir Beth. El silencio se cernió sobre la sala. Nadie esperaba que hablara, pero ella continuó–: Me gustaría señalar que este trofeo no es sólo para mí, sino para todos los que trabajan en las tiendas del señor Kadir.

Varios gritos sofocados se oyeron entre el público ante su declaración.

–Sí, me doy cuenta de que para ustedes es Su Majestad, pero para nosotros es el mejor jefe –prosiguió Beth y soltó un gritito cuando alguien la agarró del codo. Era Khal–. Lo siento –le dijo–. Supongo que estás deseando que me largue de aquí.

–Al contrario –murmuró el Gran Jeque en su oído–. Sólo quiero ahorrarte pasar un mal trago.

–No es necesario, gracias –dijo ella y tragó saliva al ver que varios guardias se acercaban para retenerla–. ¿Tengo aspecto de ser una amenaza? –susurró enojada.

Khal hizo una seña para que los guardias se fueran. Beth era mucho más que una amenaza, pensó él.

–Disfruta del resto de la noche, señorita Torrance… –le susurró él.

Beth estaba decidida a disfrutar y a llevarles el reporte completo a sus compañeras de la tienda. Nadie iba a echar a perder lo que sus amigas esperaban oír. Pensaba mantener sus sueños intactos, a pesar de que había descubierto que la verdad era muy distinta de un cuento de hadas. Aunque en su mesa todo el mundo era muy amable, la cosa cambiaba con el Gran Jeque, que la miraba desde su mesa real frunciendo el ceño mientras iba repartiendo su tiempo entre cada una de las princesas que su madre había seleccionado. La madre de Khal sería una buena vendedora en la tienda, pensó ella, pues se le daba muy bien escoger opciones tentadoras para el cliente.

—¿Cuánto puede costar una de ésas? —preguntó Beth a su amiga Jamilah.

Jamilah siguió la mirada de Beth hasta la legión de princesas.

—Una tiara de ésas puede costar al menos un millón de dólares.

—No, quiero decir todo el paquete —continuó Beth, sin poder contener su irreverente humor inglés.

—¿Quieres decir que cuánto costará una princesa? —preguntó Jamilah, sonriendo.

—Un país y un camello —ofreció alguien al otro lado de la mesa.

—Diez camellos.

—¿Alguien da más de diez?

La mesa estalló en carcajadas, llamando la atención de otras mesas, que los miraban con desaprobación.

—Me parece que tenemos que volver al campamento de nuestras familias para ver los fuegos artificiales —explicó Jamilah a Beth después de un rato—. ¿Quieres venir con nosotros? Habrá más bailes.

—¿Bailes? —preguntó Beth sorprendida—. ¿Dónde estáis acampados?

—Justo a la salida de las murallas de palacio, en la playa. Mis parientes estarán allí y se me permite llevar a una amiga. Todos están de acuerdo en que prefieren que vengas tú a que venga una de las corderas dispuestas para el sacrificio.

Beth le lanzó una mirada interrogativa.

–Todos sabemos que esas chicas que están sentadas a la mesa real han sido elegidas por su belleza y están ahí esperando a que el Gran Jeque quiera mirarlas. Su madre está impaciente por que él se case y le dé nietos.

–Entiendo –repuso Beth y se levantó de la mesa para seguir a sus nuevos amigos.

–Te sugiero que te cambies de ropa y dejes tu trofeo –dijo Jamilah mientras salían del salón de fiestas–. Iré a buscarte algo apropiado para que te lo pongas y te recogeré en tu habitación.

Beth se sintió alegre mientras caminaban por los largos pasillos tan rápido como sus tacones se lo permitían. Parecía que, después de todo, sí iba a tener algo bueno que contarles a sus amigas.

Khal la observó salir y supo adónde iba cuando vio a las amigas que la acompañaban. Se alegró por Beth. Se alegró de que hubiera encontrado compañeras de su edad con quienes divertirse mientras estuviera en Q'Adar. Sería una experiencia maravillosa para ella que se mezclara con su pueblo sin toda la pompa y la ceremonia de por medio. Pero no se alegraba, no, se corrigió él, frunciendo el ceño. Los parientes masculinos de Jamilah estarían presentes, y los demás hombres que habían sido invitados a disfrutar de las celebraciones al aire libre. Las personas de ambos sexos se mezclarían y Beth era muy impresionable.

Khal se puso en pie. Era la señal para que todo el mundo en la sala se levantara también. Hizo una seña para que todos se sentaran y habló por el micrófono para desearles que disfrutaran de la noche. Una noche que ya no contaría con su presencia, les dijo.

Ante la mirada escandalizada de su madre, Khal se apartó de la mesa real. El Gran Jeque no necesitaba justificarse ni explicar por qué había decidido ausentarse. Había cumplido con su obligación con las princesas, había hablado con todas y, por él, todas aquellas muñecas pintadas podían volver a sus casas y olvidarse de él. Era un buen negociante y no se iba a conformar con ningún trato que no lo convenciera.

En su fastuosa habitación del palacio, Beth se duchó, se puso un albornoz y esperó con excitación que Jamilah fuera a buscarla. Pocos minutos después, se quedó mirando las ropas que Jamilah le había llevado.

–Oh, pero yo no puedo...

–¿No te gusta? –preguntó Jamilah, entristecida.

–Oh, no –explicó Beth–. Quiero decir que es tan bonito que no podría llevarlo.

–A menos que yo insista y te aseguro que me sentiría muy ofendida si lo rechazas.

Mientras ambas jóvenes reían contentas, Jamilah ayudó a Beth a ponerse la túnica árabe, una tela larguísima de colores azul y plata, que necesitaba ser colocada siguiendo un complicado ritual.

–Nunca habría podido ponérmela sola –admitió Beth, mirándose al espejo encantada–. ¿Me puedes tomar una foto? –pidió, pensando en sus amigas de la tienda, y le tendió la cámara a Jamilah.

–Claro que sí. Estás muy guapa.

–Seguro que tengo un aspecto diferente, pero es tu ropa lo que me hace estar guapa –contestó Beth.

–Falta un toque final –dijo Jamilah, tapándole medio rostro con la fina tela que le cubría la cabeza.

Beth abrió los ojos como platos cuando llegaron al campamento. Nunca había visto nada como aquello en toda su vida. Una enorme hoguera se elevaba hacia el cielo, frente a la playa, y los músicos tocaban tambores árabes y otros instrumentos exóticos. Parecía el esce nario de una película. Las tiendas de la familia de Jamilah eran grandes y estaban adornadas con banderines dorados, con el símbolo de un halcón junto a unas palabras escritas en árabe.

–Khalifa –explicó Jamilah, al darse cuenta de que Beth lo miraba–. Es una referencia a la lealtad de mi familia hacia el Gran Jeque, no te creas que es por la marca de ropa. Los únicos zapatos de diseño que hay en la tienda son los míos.

Beth se rió por la referencia a la marca de lujo. ¿Podría acostumbrarse a aquella mezcla de lo occidental y lo oriental?, se preguntó. Pero, mientras la brisa marina le acariciaba el rostro, se olvidó de hacer comparaciones.

–Esto es tan hermoso… –dijo Beth.

El aire del mar hacía moverse las cortinas de satén en las puertas de las tiendas y el susurro de las olas era tan suave que Beth no se dio cuenta de que Jamilah se iba de su lado y alguien más ocupaba su lugar.

Khal podía moverse con rapidez en la oscuridad y su rostro no había sido reconocido todavía. Se alejó de la música y siguió en silencio las pisadas que Beth iba dejando en la arena.

Esperó hasta que ella se quitó las sandalias, admirando lo bien que le sentaba el vestido tradicional de las mujeres de Q'Adar. Lo llevaba con la gracia de una princesa árabe.

Beth no sabía que Jamilah era prima de Khal ni que las mujeres de oriente sabían ser muy sutiles a la hora de hacer de celestinas.

¿Khal con pantalones vaqueros? No, debía de estar soñando, se dijo Beth.

–¿Khal? –dijo ella, clavada en el sitio. Era imposible que el Gran Jeque hubiera ido hasta allí en busca de su compañía.

–No deberías caminar por la playa sola –dijo Khal, deteniéndola.

–Jamilah me dijo que aquí estaba a salvo.

–Hay demasiada gente… –observó Khal, mirando hacia el campamento.

Beth se quedó en silencio y dudó que fuera capaz de articular palabra.

–¿Sabes bailar?

–¿Que si sé bailar? –repitió ella, anonadada. Le pareció que Khal estaba sonriendo. La música le resultó erótica y tentadora–. Claro que sé bailar. ¿Y tú?

Khal sonrió, sin lugar a dudas.

–¿Bailamos? –ofreció él, tendiéndole la mano.

–¿Quieres decir que quieres bailar conmigo? –preguntó ella.

–Ésa es la idea.

«¡Beth Tracey Torrance bailando con el jeque en la playa!». Así se lo contaría a sus amigas. ¿Pero confiaba en sí misma como para tocar la mano de Khal?

Khal tomó la iniciativa y la atrajo hacia sí.

–¿Viene aquí a menudo, Su Majestad? –murmuró Beth, queriendo pellizcarse por si todo aquello era un sueño.

–Khal –murmuró él, mirándola a los ojos, y sonrió.

Beth rezó en silencio por que aquel momento durara para siempre. Cuando la música se detuvo, los dos se quedaron juntos, en silencio. Cuando empezó de nuevo, en un ritmo mucho más lento, Su Majestad Khalifa Kadir al Hassan, Gran Jeque, Portador de la Luz para su Pueblo, la apretó contra su pecho, tanto que ella pudo notar cómo le latía el corazón.

Beth supo que estaba a un paso de cruzar un punto sin retorno. Por eso, debía controlarse. ¡Claro que debía hacerlo! Pero el entorno embrujaba sus sentidos y le pareció imposible resistirse. Así que se apoyó sobre el cálido cuerpo de Khal, sabiendo que se había quedado sin fuerzas para evitar la tentación. Estaba loca de deseo por él y un mar de sensaciones le recorría las venas...

Capítulo 5

TENER sexo con un jeque sería un sueño, se dijo Beth mientras Khal la tomaba de la mano. Las luces del campamento se difuminaban detrás de ellos y las risas y murmullos quedaban apagados por el ruido de las olas. Khal se detuvo y se colocó frente a ella, sin soltarle la mano.

¿Estaba aquello sucediendo de veras o era sólo su imaginación?, se preguntó Beth. Bajo un enorme cielo de terciopelo salpicado de diamantes, aquel momento era tan mágico que ella se quedó muda de la emoción. No estaba acostumbrada a que le sucedieran cosas como aquélla. Nunca nadie la había tratado como si fuera algo precioso y frágil. Khal podría haber elegido a cualquier otra mujer entre miles, pero la había elegido a ella. Cerró los ojos y respiró el aroma de él. Estaba más excitada de lo que había estado nunca y sabía que aquello era peligroso.

¿Cuánto tiempo llevaba sin tener a una mujer entre sus brazos de esa manera? ¿Había tenido a una mujer entre los brazos alguna vez así… como si se fuera a romper?, se preguntó Khal. En un momento como aquél, cualquier otra mujer se hubiera lanzado a su cuello, haciéndole saber lo que podía tomar y cuánto iba a costarle.

Pero Beth, no. Beth…

Debía apartarse de ella, se dijo Khal. Debía reconocer sus sentimientos por ella como una advertencia y apartarse. Pero, cuando dio un paso atrás, ella se acercó. Él le miró la mano extendida. Era una mano tan pequeña… Ella era tan pequeña… Lo que debía hacer en ese momento era sonreír sin ternura, darle las gracias por el baile y enviarla de vuelta al campamento con Jamilah. Pero no lo hizo.

–¿Damos un paseo? –la invitó él.

–Está bien, si quieres –dijo ella con la barbilla levantada. La brisa le llevó el pelo a la cara.

Khal alargó la mano para apartarle el pelo del rostro. Sus manos se encontraron y se entrelazaron. En lugar de apartar la suya, Beth la dejó donde estaba y lo miró a los ojos. Fue él quien apartó la mano.

–¿Qué pasa, Khal? –quiso saber ella.

Khal no dijo nada, pero Beth notó que la distancia entre ellos crecía.

–¿Es que soy una amenaza para ti o para Q'Adar?

–No seas ridícula.

–No soy ridícula. Me estás apartando de ti.

Dicho aquello, Beth se agarró el borde del vestido árabe y corrió alejándose de él por la orilla, con las sandalias en la mano. Eso debió bastarle a él para dejar que se fuera, pero surtió el efecto contrario. Salió detrás de ella.

Beth tembló cuando oyó a Khal tras ella. Pensó que el corazón iba a salírsele del pecho y le flaquearon las piernas. Se sintió confundida por un mar de sentimientos. Necesitaba un momento para pensar, pero no había tiempo. Él estaba allí. Justo detrás de ella.

–Beth…

La suave llamada de Khal hizo que ella se girara.

–Khal…

Tenía el resto de su vida para pensar, se dijo Beth. ¿Acaso no podía dedicarle un momento a Su Majestad, sólo para despedirse y darle las gracias por su hospitalidad? Se relajó. No iba a huir de él. Quizá Khal sólo necesitaba un momento para hablar con una persona sencilla.

Tenía un aspecto tan adorable y estaba tan hermosa con la túnica árabe… Khal se sentía cautivado por su inocencia y su belleza, pero había algo más. Beth había hecho que viera cosas en las que no había reparado antes. Le había hecho cuestionarse las cosas en las que siempre había creído.

Parado delante de ella, Khal se inclinó hacia delante con la intención de besarla en la mejilla, pero ella dio un paso al frente y levantó la cabeza, de manera que los labios de él se posaron en su boca. Beth cerró los ojos, sin moverse y sin hablar. La brisa del mar los envolvió y Khal dejó de resistirse a la tentación de besarla. Ella sabía dulce y cálida y el aroma a rosas silvestres de su pelo le invadió los sentidos hasta que no pudo pensar más. Apenas la tocó, le pareció tan frágil, tan delicada… Comenzó siendo sólo un beso suave. Pero Beth le sorprendió con la profundidad de su pasión. Una pasión, se dijo, que también debía de ser nueva para ella.

Beth lo rodeó con sus brazos y se apretó a él para decirle que lo necesitaba tanto como él a ella. Khal quiso creer que era cierto. Su mundo se abrió a nuevas posibilidades. Era como si ya se conocieran desde siempre y sólo hubieran estado separados por un tiempo.

Pero la conciencia de Khal entró en escena de nuevo para recordarle todos los impedimentos que se interponían entre ellos: el deber, el honor y la inocencia de Beth, una barrera que él nunca cruzaría. Y, justo cuando iba a profundizar su beso, dio un paso atrás.

–¿Por qué has hecho eso? –preguntó Beth.

–Lo siento. Me olvidé de mí mismo.

–¿Te olvidaste de cómo se besa? –preguntó ella, con buen humor.

Khal sintió que, por incongruente que pareciera, había un fuerte vínculo entre ellos que seguía sin romperse.

–¿Estás diciéndome que soy demasiado para ti, Khal? –bromeó ella.

Khal sonrió. ¿Demasiado para él? Beth era sensacional. Ingenua, pequeña, rubia y vulnerable. Pero era su fuego interior lo que le hacía arder. Un fuego que debía dejar para otro hombre, un hombre que pudiera ofrecerle lo que ella se merecía.

–¿Cuántos años tienes? –preguntó él.

–Los suficientes –le aseguró ella con inocencia.

–Es un poco peligroso que le digas eso a un hombre, Beth Tracey Torrance.

–Pero tú no eres peligroso –replicó ella con confianza–. De todos modos, lo he dicho y no ha pasado nada. Y no he venido aquí a Q'Adar para aburrirme –añadió ella, apartándose el pelo que el viento le soplaba en la cara.

Khal reconoció en ella la voz de la inocencia y se quedó en silencio.

–Es por tu sentido del deber, ¿verdad? –continuó ella–. No es que te critique, nada más alejado de mi intención. Creo que eres maravilloso. Y creo que el pueblo de Q'Adar es afortunado de tenerte como jefe. Confío en ti, por eso sé que tu gente puede confiar en ti. Pones tu deber por encima de todo y eso es lo que te hace tan especial… –observó y se interrumpió, frunciendo el ceño–. Pero debe de ser una carga en algunas ocasiones, ¿no es así?

Khal se puso tenso al notar cierta compasión en la mirada de ella. Las preguntas incesantes de Beth le presentaban un reto. En eso se parecían. Él siempre cuestionaba el poder. Pero al mismo tiempo, Beth y él no tenían nada que ver.

–¿Deber? –dijo Khal, lanzándole una mirada socarrona–. El deber no es una carga, Beth. No se puede tener siempre todo lo que se quiere.

–Y tú no lo puedes tener nunca –protestó ella–. Porque tu destino está ligado a tu reino.

–Exacto.

–Bueno, pues yo pienso tener todo lo que quiero –indicó ella, de manera apasionada.

–¿Ah, sí? –preguntó él, sintiéndose un poco incómodo. ¿Acaso Beth le decepcionaría al final?, se preguntó. ¿Estaría ella en busca de riquezas y poder?

–¡Sí! –exclamó ella–. Voy a tener hijos, familia, amor, trabajo y felicidad… ¡todo!

Los ojos de Beth brillaron con tanta certidumbre que Khal comprendió lo equivocado que había estado al dudar de ella. No sólo no lo había decepcionado, sino que su pasión por ella se había multiplicado por diez. Además, la admiraba, la envidiaba y, sobre todo, la deseaba. Supo que nunca había sentido algo así por nadie y que nunca lo volvería a sentir.

Khal la guió hasta su playa privada, donde le dijo que no serían molestados. La llevó detrás de unas rocas y extendió una toalla sobre la arena. La ayudó a tumbarse y se tumbó a su lado.

La besó profundamente y provocó en ella un gemido de placer. Al mismo tiempo, entrelazó sus manos con las de ella, en un gesto que hizo que el corazón de Beth se estremeciera. Ella se sintió pequeña, una don nadie, allí junto a un hombre tan poderoso.

–Quita esa cara, no te muestres tan ansiosa –dijo él y la besó de nuevo, dándole seguridad.

Khal la acarició con suavidad y ella cerró los ojos y murmuró su nombre… Él se asustó por el efecto que le estaba causando e intentó apartarse.

–Bésame otra vez –susurró ella–. No me dejes.

Khal la besó de nuevo y la sintió temblar de placer, animándolo a que se colocara sobre ella.

–Sé que no soy lo que necesitas… –comenzó a excusarse Beth.

Khal pensó que Beth era exactamente lo que necesitaba. ¿Por qué tenía que resistirse a ella? Debía sentirse afortunado porque el destino la hubiera colocado en su camino.

–Eres especial –dijo él–. Y nunca lo olvides, Beth Tracey Torrance.

–Entonces, si no te importa quién soy, ¿qué es lo que se interpone entre nosotros? Porque hay algo, ¿no es así?

–Sí. Me preocupo por ti. Me importas mucho –admitió él, pensando en que no podría darle lo que ella deseaba, una familia y exclusividad. Él estaba casado con su país y su vida entera pertenecía a Q'Adar.

Beth pareció pensar en ello durante un momento. Los dos sabían que sólo contaban con el presente, con ese día.

Khal penetró con la lengua en la boca de ella y Beth sintió deseos de arrancarse las ropas para ofrecerle sus pechos. A pesar de su inexperiencia, se sintió dirigida por un instinto natural, tan fuerte como el océano. Lo deseaba con tanta fuerza que apenas se atrevía a imaginar cómo se sentiría si él la tocaba en sus partes más íntimas…

De pronto, Khal se detuvo y se sentó. ¿Habría cambiado de idea?, se preguntó Beth. Él apretó los labios, como si hubiera tomado una decisión.

–No… –rogó ella, pensando que no podría soportar que la dejara en ese momento–. No pares ahora. O pensaré que no me deseas.

Khal la tomó entre sus brazos para que ella pudiera sentir todo su cuerpo. Su energía la rodeó, dándole seguridad.

–Si vamos demasiado deprisa para ti, Beth… –dijo Khal, como si hubiera notado en ella algún titubeo.

–No –repuso ella enseguida, cerrando los ojos, deseando no separarse de él. No podía permitir que sus temores se interpusieran entre ellos. Quería aprovechar hasta el último segundo con él–. Bésame.

Khal la besó y sus cuerpos jugaron bajo la luna. Él la trataba con suavidad y cuidado, haciendo que ganara cada vez más confianza y se sintiera cada vez más relajada. Beth disfrutaba del placer de estar junto a él y, por el momento, no quería nada más. Le encantaba la forma en que él la tocaba y las apasionadas palabras que le susurraba en un idioma que ella no entendía.

–Oh, sí… Sí –repitió ella cuando Khal le puso las manos en los glúteos.

Khal sonrió ante la creciente confianza de Beth. Ella se quitó las ropas.

–Provocadora –bromeó él, feliz de verla tan contenta, tan llena de vida. Le hacía sentir joven de nuevo. Además, sus pechos desnudos eran magníficos y, aunque deseó perderse en ellos, una vez más, retrocedió.

–¿Qué pasa ahora? –preguntó Beth, sintiendo que no podía ocultar su deseo y su ansiedad por que la poseyera. Pero Khal era más experimentado, se dijo, y ella no podía tomar la iniciativa. Tenía que someterse al ritmo que él impusiera.

–Sé paciente –dijo él, sonriendo.

–¿Qué quieres decir?

–Túmbate y lo descubrirás. Mírame –ordenó él–. Y quédate quieta.

¿Cómo iba a quedarse quieta mientras él le ponía uno de sus muslos entre las piernas? No podía dejar de moverse, estaba demasiado excitada. Pero, cuando Khal comenzó a acariciarla, su cuerpo fue relajándose. Él le metió los dedos bajo el tanga de encaje y, cuando ella se apresuró a quitárselo, la detuvo.

–Quédate quieta –repitió él, sonriendo–. Ya te lo he dicho.

¿Quieta?, se preguntó Beth. ¿Cómo podría? Todo

su cuerpo estaba electrizado de placer y desesperación por ser poseído.

–No me apresures –insistió Khal con una sonrisa traviesa.

Al verla desnuda bajo él, blanca como la nieve, Khal sintió deseos de hacer con ella algo más. Deseó acariciarla, saborearla y observar los ojos de ella llenarse de placer.

Beth se dio cuenta de que todo era demasiado nuevo y peligroso para ella y de que los sentimientos que la atravesaban tenían más que ver con el amor que con el simple placer. Eso la asustó, pues reconoció que necesitaba más compromiso por parte de su amante del que él podía ofrecerle.

Capítulo 6

CUANDO Beth arqueó la espalda en un acto de inocente sensualidad, Khal sintió la urgencia de entrar en ella. Pero se contuvo, pues sabía que esperar tendría su recompensa. La besó en la boca y en los pechos, haciéndole gemir de ansiedad. La besó en el vientre y se preguntó si sus partes más íntimas serían tan suaves y perfectas.

Khal se quitó la camiseta y ella se abalanzó para desabrocharle los pantalones. Él la dejó hacer y se rió por su audacia. Sus cuerpos encajaban a la perfección, a pesar de que el suyo era mucho más grande, se dijo él. Ella abrió las piernas, invitándolo, y Khal la rozó en su zona más íntima con la punta de su miembro. Oleadas de placer lo recorrieron y ella se apretó contra él, gimiendo excitada.

–Todavía no –dijo Khal, apartándose.

–¿Por qué no? –preguntó ella con los ojos muy abiertos, tratando de entender las complejidades del acto sexual.

–Porque me gusta provocarte.

–Entonces, tendré que tomar las riendas –amenazó ella.

Ignorándola, Khal se zafó de su abrazo y fue recorriéndole el cuerpo con la lengua, haciéndole gritar de excitación. Le separó las piernas y, al fin, una sedosa calidez le dio la bienvenida, un parque de juegos donde perderse, un hospitalario remanso donde hundirse.

–Ahora –pidió ella–. ¡Ahora!

Khal la penetró y se sintió como en casa. Dudó que pudiera aguantar tanto placer. Beth le clavó las uñas en los hombros mientras él se movía despacio al principio y con más firmeza después. Entró y salió de ella una y otra vez, y ella gritó con creciente placer. Beth llegó al orgasmo muy pronto y, cuando se quedó quieta, él siguió moviéndose con suavidad e insistencia, besándola sin parar.

–Eres increíble –susurró ella, moviendo las caderas, dispuesta para seguir.

Khal no se cansaba nunca. ¿Cómo podía ser? Beth estaba hambrienta y él le estaba ofreciendo todo un festín. Estaba a punto de preguntarle de dónde sacaba su energía cuando él se puso detrás de ella, colocándola en la posición receptiva más deliciosa que se pudiera imaginar.

–Creo que te gustará hacerlo al modo de Q'Adar…

–Seguro –dijo ella y soltó un grito sofocado cuando Khal la tomó de nuevo.

Khal se movía en profundidad dentro de ella, al mismo tiempo que con una mano la acariciaba por delante con delicadeza. Beth gimió con cada arremetida y cada caricia.

–¿Sí? –susurró Khal en la nuca de ella.

¿Acaso esperaba que hablara?, se dijo Beth. Sólo podía emitir sonidos salvajes. ¿Cuántas veces lo habían hecho? Muchas. Y aquélla debió de ser la más potente porque ella casi perdió el conocimiento y no lo recuperó hasta momentos después.

–¿No podemos quedarnos así para siempre? –preguntó Beth más tarde, después de que volvieran a hacer el amor junto a la orilla.

–Para siempre es mucho tiempo.

Las palabras de Khal la golpearon como una sacudida. Sólo unos minutos antes, con sus cuerpos entrelazados junto al mar, ella había estado soñando con amor eterno. ¡Qué infantil!, se reprendió a sí misma. Y Khal debió de haber pensado lo mismo, porque de pronto le soltó la mano. Volvían a ser el Gran Jeque y la dependienta de Liverpool. ¿Habría terminado ya todo?

–Te llevaré de vuelta cuando te vistas –anunció Khal.

–Me gustaría ir directa a mi habitación, si no te importa –replicó Beth, echando mano de su orgullo–. Me gustaría ducharme para quitarme la sal.

–Claro.

Beth sintió que la brecha que los separaba se hacía cada vez mayor. El cuento de hadas había terminado, se dijo. A pesar de ello, sentía como si el tiempo que habían pasado juntos hubiera sido toda una eternidad.

Khal la acompañó a su habitación y se fue, después de dedicarle sólo una breve caricia en el rostro.

–Señorita Torrance…

Beth se sobresaltó y se giró. La madre de Khal se acercaba.

–Lo siento, Majestad. ¿Me ha estado buscando?

–Te eché de menos en la fiesta –repuso la otra mujer, recorriendo a Beth con la mirada–. Me dijeron que habías salido del palacio y quise asegurarme de que estabas bien. ¿Has disfrutado de tu estancia?

–¡Oh, sí, Majestad! –exclamó Beth, y se sonrojó, pensando que quizá se había delatado. ¿Habría visto su madre salir a Khal de su puerta?, se preguntó.

–Eres una joven muy dulce y te aseguro que mi hijo está muy interesado en ti.

–¿Eh? –dijo Beth y se mordió el labio inferior, sonrojándose más aún.

–No tienes que fingir conmigo. Aunque no lo creas, yo también fui joven y conocí a un jeque bajo circunstancias poco usuales…

Beth pensó que, después de haber llevado hasta allá a las princesas más hermosas de los alrededores, la madre de Khal debía de tener altas expectativas respecto al matrimonio de su hijo. ¿Qué podía decir ella? No sabía mentir y tampoco podía confesarle la verdad.

–Siento haberle preocupado, Majestad. Es tarde y seguro que estará cansada –dijo Beth e hizo una reverencia.

–El tiempo se mide en milenios aquí en Q'Adar, no en horas ni en minutos. Si vienes conmigo ahora, te mostraré algo que te hará abrir los ojos a cómo son las cosas aquí en mi país.

Beth la siguió por el patio. Subió las escaleras con ella hasta las torretas, desde donde podían ver el interminable desierto. Las hogueras de los campamentos se extendían a lo largo de kilómetros.

–Debe de haber miles de personas allí abajo –comentó Beth.

–Cientos de miles. ¿Entiendes ahora la carga que mi hijo lleva? ¿Ves lo ligado que está a su deber? Toda esta gente ha venido desde todos los rincones del reino para felicitar a Su Majestad en su cumpleaños y para jurarle lealtad. Y miles más llegarán mañana, todos con sus esperanzas puestas en el Gran Jeque. Creen en él, Beth. Míralos... –señaló la madre de Khal–. Todos confían en mi hijo para que los saque de la oscuridad y la pobreza. ¿Quieres distraerlo del camino del deber? ¿Quieres alejarlo de Q'Adar?

–¡Yo nunca haría eso!

–Quizá no de forma consciente. Mi hijo ama Q'Adar y eso no debe cambiar.

–No tiene de qué preocuparse.

–Claro que sí. He visto el modo en que os miráis.

–Pero apenas nos conocemos... –dijo Beth, odiando mentir.

–¿Cuánto tiempo se tarda en enamorarse, Beth? ¿Hay recetas para eso?

–Claro que no, pero…

–Te lo preguntaré de nuevo. ¿Apartarías a mi hijo de su pueblo?

–Por supuesto que no –repuso Beth, pero su voz empezó a temblar, delatando sus sentimientos–. Me gusta… el jeque –admitió y se dio cuenta de que lo amaba más que a su vida–. Pero sé quién es él y quién soy yo.

–Creo que te subestimas a ti y subestimas a mi hijo, Beth.

–Entonces, ¿qué quiere que haga? Me voy mañana.

–¿Y si él trata de detenerte?

Beth no consideraba que aquello fuera una posibilidad y se quedó callada.

–Eres una buena chica –dijo la madre de Khal, tocándole la mejilla–. Y pienso que sólo tienes las mejores intenciones en tu corazón.

–Se lo aseguro –repuso Beth, sin saber cómo tranquilizar a la madre de Khal.

–Disculpa las preocupaciones de una vieja, pero desde que murió la hermana de Khal, él es mi único hijo…

Beth advirtió la tristeza marcada en el rostro de la otra mujer. Se quedó en silencio, deseando poder decir algo que fuera de ayuda.

–Desde que Ghayda murió, mi hijo es como el hielo. Le he visto recuperar la alegría hace unas horas, porque tú tienes el espíritu y la calidez de Ghayda. Él se siente culpable por la muerte de su hermana y yo no puedo convencerle de lo contrario. Los dos eran muy jóvenes e irresponsables cuando sucedió la desgracia. La culpa fue de los dos.

Beth siguió a la madre de Khal escaleras abajo y se preguntó por qué le habría confiado una revelación tan preciada. Era como si la mujer mayor le estuviera dando su aprobación. Sintió deseos de correr hacia Khal y abrazarlo, de consolar su dolor. Pero debía ceñirse a la realidad y recordar que no tenía ningún futuro con él. Para Khal, sólo había sido la aventura de una noche, se dijo.

–Es usted muy amable, Majestad. No puedo expresar cuánto siento su pérdida –dijo Beth al fin.

–Eres muy amable por escucharme. Ahora, ve en paz, Beth Torrance.

Capítulo 7

BETH llevaba meses lejos de Q'Adar y el tiempo que había pasado con Khal le parecía un sueño, pensó mientras se dirigía al trabajo en una fría mañana. De pronto, vio que una limusina con cristales tintados y escolta la adelantaba. ¿Quién podría ser, sino Khal?

En la entrada, el portero la saludó como siempre y comentó que el gran jefe había llegado en visita sorpresa a la tienda.

–Bueno, ya era hora de que nos visitara, ¿no? –replicó ella, fingiendo tranquilidad.

–Tú le conociste en Q'Adar, ¿verdad?

–Brevemente –respondió Beth, que no tenía ganas de charla, y se sonrojó.

Al entrar, Beth se dirigió a la sala de reuniones, donde tenía que representar a su departamento para planificar cuál sería el escaparate de la tienda esas Navidades. Consiguió no inmutarse cuando el aroma de Khal la envolvió, cuando lo vio vestido con un traje de chaqueta impecable que ensalzaba su figura y cuando él se sentó en la silla situada enfrente de la suya. Sobrevivió a todo ello, pero dudó mucho poder controlarse si él seguía mirándola de forma tan penetrante.

–¿Señorita Torrance? –dijo Khal, en un tono cálido y profesional al mismo tiempo–. ¿Le parece bien contarnos cuáles son sus sugerencias?

Beth se sentía muy herida por la forma en que Khal se había alejado después de todo lo que había pasado entre los dos. Ni siquiera se había dignado a despedirse de ella. ¿Pero qué sentido tenía pensar en el pasado? Estaban hablando del negocio y de la vida real, no de sus fantasías. Y ella era buena a la hora de hacer presentaciones, exponer sus ideas y representar a su equipo.

Khal había inventado una excusa para acudir a esa reunión, sólo porque ella estaría allí. Tenía que pretender que su atención se centraba en cómo iba a hacerse el escaparate de Navidad en Khalifa, cuando lo cierto era que lo único que quería era estar con Beth.

Sin embargo, no pudo evitar ser cautivado por la exposición de ideas que ella hizo, innovadora y disciplinada. Sin duda, le daría el presupuesto que había pedido. No por favoritismo, sino porque la propuesta de Beth era muy buena.

—Es tuyo —señaló él cuando Beth había expuesto sus cálculos de presupuesto.

—¿De veras? —preguntó ella y se sonrojó, emocionada.

Más tarde, como la habían pedido, Beth llevó al despacho de Khal el informe con las ideas que había presentado.

—Yo lo recogeré —se ofreció él, pues su secretaria había salido a comer.

Beth pasó de largo frente a él hasta el fondo del despacho y le dio la espalda.

—¿Cómo pudiste hacerme eso?

—Necesitaba tiempo para pensar. Los dos lo necesitábamos —repuso él, refiriéndose al tiempo que habían pasado juntos en Q'Adar.

—No digo eso. Me refiero a la sala de reuniones. Primero, llegas sin avisar a nadie y luego… —comenzó a explicar ella y se interrumpió, abrumada por la emoción.

—¿Luego qué?

–¿Por qué me miraste de esa manera?

–Creí haberme comportado de forma muy profesional.

–¿No te diste cuenta de lo que me estabas haciendo? Casi no podía ni respirar.

–Hiciste una presentación excelente.

–No podía pensar con claridad, contigo mirándome así –continuó ella.

–¿Crees que a mí me gusta no poder dejar de pensar en ti?

–Entonces, ¿por qué has venido, Khal?

–Creo que lo sabes.

Ella negó con la cabeza.

–He venido por ti.

–¡Oh, Khal, vamos! –repuso ella, dolida e incrédula–. ¿Y todas esas otras mujeres?

–¿Otras mujeres?

Beth sacó una revista del corazón de una pila de documentos y se la puso delante. En sus páginas habían retratado al Gran Jeque con supuestas novias, todas ellas de la realeza de Q'Adar.

–Mira eso y dime de nuevo a qué has venido.

–Cuando te fuiste, intenté por todos los medios olvidarme de ti. No fue más que una tontería. Esas mujeres no son nada para mí.

–¿Nada? ¿Y yo qué soy, Khal?

–Tú eres la mujer que deseo.

–Así tal cual. ¿Crees que después de todas estas semanas separados tienes el poder de decidir sobre mí?

–Tú… llenas mis pensamientos.

–¿Quieres decir que quieres sexo?

–¡No! –exclamó él–. No te menosprecies. He salido de mi país y he venido a buscarte, en cuanto he encontrado un momento para hacerlo.

–Así que me quieres… ¿como qué? ¿Como tu amante?

–¿Eso no es lo que quieres? –preguntó él, mirándola con intensidad.

–No, no quiero eso –admitió ella al fin.

–Pero te necesito. Sólo a ti…

Beth se dio cuenta de que el vínculo que había entre ellos era demasiado fuerte. Cuando Khal se acercó y la rodeó con sus brazos, ella cerró los ojos y no pudo resistirse. Él cerró el pestillo de la puerta y comenzó a besarla, con ternura, en los ojos, los labios, el cuello, llevándola lentamente hacia el escritorio.

El escritorio tenía la altura perfecta. Khal se quitó la chaqueta y Beth le desabrochó el cinturón. Le quitó la corbata y le desabotonó la camisa, cada vez más excitada al ver su suave piel color bronce. Ella continuó y le bajó la cremallera de los pantalones. Entonces, él la besó con una intensidad salvaje, tan salvaje como el deseo que ella sentía. Beth le bajó los pantalones y se quitó su ropa interior. Él se abrió camino entre sus muslos, con su masculinidad cada vez más grande y más dura.

–¿Cuánto quieres de mí?

–Lo quiero todo –gimió ella, mientras Khal la penetraba.

El placer fue mucho más intenso de lo que recordaba. Beth gritó, sin importarle quién pudiera oírlos, hasta terminar exhausta entre los brazos de él.

Tomaron una larga ducha juntos en el pequeño baño privado y no pudieron detenerse. Siguieron haciendo el amor bajo el agua, mientras ella le rodeaba la cintura con sus piernas. Beth terminó temblando, exhausta de nuevo, cuando él la dejó sobre el suelo.

–¿Has tenido bastante? –bromeó él.

–Sí. Tengo que ir a trabajar.

–¿Trabajar? –dijo él, poniéndose serio–. El trabajo tendrá que esperar.

–No puede esperar.

–No he hecho un viaje tan largo para quedarme esperando. Tienes el resto del día libre.

Era un crudo recordatorio de quién era él, pensó Beth. Pero ella no iba a dejarse achantar.

–No puedo. Tengo obligaciones.

–Hacia mí –le espetó Khal.

–No –negó Beth y salió de la ducha para secarse–. No pienso desaparecer y dejar tiradas a las personas que cuentan conmigo.

–No te preocupes por eso. Todo el mundo sabe que no estarás disponible el resto del día.

–¿Tú les dijiste eso? –inquirió ella furiosa–. No puedo creer que aparezcas así como así y tomes el mando de mi vida.

–No sé hacerlo de otra manera. Tendrás que enseñarme…

Ante esa respuesta, Beth se quedó desarmada.

–¿No quieres mostrarme tu ciudad, Beth?

–¿De veras? –preguntó ella, sorprendida, pues él nunca hacía nada corriente. Su decisión de regresar al trabajo fue debilitándose–. ¿Quieres un tour guiado?

–Contigo –dijo él, sonriendo.

–¿Sólo tú y yo? –quiso saber ella, ablandada por su sonrisa.

–Nadie más.

–¿Sin guardaespaldas?

–Sin limusina, ni guardaespaldas, ni jeques. Sólo Beth Tracey Torrance y Khal, de Q'Adar.

–¿Como personas normales?

–¿Qué te parece?

La idea le resultó muy tentadora a Beth, pues sabía que Khal no tenía nunca la oportunidad de comportarse como una persona normal. Su corazón se sintió lleno de amor por él.

–Si estás seguro de que es lo que quieres…

–Seguro –afirmó él y sonrió.

–En ese caso, es mejor que te busque algo para que te pongas…

Ella tenía un aspecto tan encantador, pensó Khal. Aquel tiempo a solas con ella era algo precioso y lo valoraba más de lo que Beth podía imaginar. Ni podía ni quería dejarla ir. Ella no estaba interesada en sus riquezas ni en su poder. Era una mujer tierna y sincera. Además, era el ser más sensual y excitante que conocía. Si quería estar con Beth, se dijo, al menos tendría que jugar parte del juego con las reglas de ella.

Como Beth había sugerido, subieron a lo alto de un autobús de dos pisos, sin techo. La lluvia comenzó a mojarlos.

–De acuerdo, tendremos que bajar –dijo él, y se quitó la chaqueta para ponérsela por encima a su acompañante.

Ella quiso visitar el Tate y así lo hicieron. A la hora de comer, Khal la llevó al café del museo. Beth mostraba gran apetito por todo, se dijo él, pero era su entusiasmo por la vida lo que más apreciaba en ella.

–Estaba delicioso y estoy llena –dijo ella, feliz.

–Genial. Sólo quiero verte feliz…

–No lo puedo creer –le interrumpió ella–. He comido dos platos y postre. Nunca suelo conseguirlo. Pero las patatas fritas con salsa de chile, el atún al horno y el pudin de chocolate son mis favoritos. Lo siento, te he interrumpido. ¿Qué ibas a decir?

–Tengo algo que mostrarte.

–¿Qué es? ¿Me gustará?

–Tendrás que acompañarme si quieres descubrirlo –dijo él, y la tomó de la mano.

Capítulo 8

QUÉ estás haciendo? –preguntó Beth cuando Khal sacó su móvil y comenzó a marcar, a la salida del museo.

–Estoy llamando a la caballería…

–Me prometiste que no llevaríamos escolta –repuso Beth, mientras se le encogía el estómago–. Pensé que íbamos a pasar un día normal…

–Y así es.

–¿Para ti o para mí? –inquirió ella.

–No te enfades o no te daré tu sorpresa.

–De acuerdo –contestó Beth, conteniéndose–. Te daré una oportunidad, pero sólo una.

Khal sonrió y, al teléfono, le dijo algunas palabras en árabe al chófer de su limusina.

–¿Adónde vamos? –quiso saber ella, cuando la limusina paró para recogerlos.

–A mi piso de la ciudad.

–Estás lleno de sorpresas.

–No estás obligada a acompañarme –dijo él, tocando la manilla de la puerta.

–Pero estás seguro de que lo haré –repuso ella, mientras Khal la ayudaba a subir al coche–. Supongo que no me hará daño ver tu piso.

–¿Y quedarte un poco? –sugirió él.

–Siempre tienes buenas ideas –dijo Beth, sintiendo la tensión sexual que había entre ellos.

El piso de Khal era fabuloso. Tenía un enorme recibidor, con suelo de roble y altos techos, custodiado por

esculturas con forma humana de tamaño real. Condu-
cía a un espacio abierto y sofisticado. Las ventanas de
cuerpo entero mostraban vistas panorámicas de la ciudad y de las montañas. Beth se quedó sin palabras.

–¡Vaya! –exclamó ella.

–¿Te gusta?

–¡Y yo que creía que no podía existir más lujo que
en Q'Adar! –replicó ella, girando sobre sí misma–.
¡Cómo no me va a gustar! ¿Qué tamaño tiene el piso?

–Unos mil quinientos.

–¿Metros cuadrados? –preguntó Beth anonadada–.
¿Y lo guardas para ti solo cuando visitas Liverpool?

Khal no respondió de inmediato y ella sintió una
cierta señal de alarma en su interior.

–Me encanta, pero no es exactamente lo que yo llamaría un hogar –añadió ella.

–Aún no –observó Khal–. Pero tú podrías cambiar
eso.

–¿Cambiarlo? Me estás tomando el pelo –replicó
ella, soltando una risita. La posibilidad de dejar su im-
pronta en un sitio como aquél excedía los límites de su
imaginación.

–No. Lo digo muy en serio –aseguró él–. ¿Quieres
ver el dormitorio principal?

Beth aún recordaba con intensidad cuando habían
estado haciendo el amor y no le costó mucho centrar la
atención en la posibilidad de ver el dormitorio principal. Era hora de dejar sus sospechas a un lado. El
tiempo que habían pasado separados le había hecho
ansiar estar con él.

Como si hubiera adivinado sus pensamientos, Khal
le tocó el brazo con suavidad y la tomó en sus brazos.
Beth se dejó llevar y ocultó la cara en el cálido cuello
de él. La llevó al dormitorio más impresionante que
ella había visto jamás, aunque apenas tuvo tiempo de
admirar la madera clara, las ventanas y los espejos, an-

tes de que él la colocara sobre la cama y le quitara las ropas. Luego, se tumbó a su lado.

–Tienes un cuerpo increíble –dijo ella, acariciándole la piel suave y bronceada.

–Y tú eres hermosa –replicó Khal, suavizando la mirada y sin dejar de besarla.

Khal deseaba que Beth se sintiera como la mujer más mimada sobre la faz de la tierra. La deseaba, sí, pero además, cada vez que la tenía entre sus brazos, su mente comenzaba a jugar con las infinitas posibilidades. La besó con suavidad y la miró a los ojos. Lo que vio le dijo que ella sentía lo mismo.

Hicieron el amor hasta que la puesta de sol había lanzado su último rayo hacia el estuario y la habitación había quedado en la penumbra. Durmieron un poco y, cuando Beth se despertó, se encontró con que Khal la estaba observando.

–¿Qué? –murmuró ella, somnolienta, y levantó la mano para acariciarle el rostro.

–Estaba pensando que estoy impaciente por que veas todo el piso y me digas si crees que podrías ser feliz aquí…

Beth frunció el ceño, tratando de entender las palabras de su amante.

–¿Tenemos que hacer eso ahora?

–Estoy impaciente. Sólo quiero asegurarme de que te gusta, antes de ponerlo a tu nombre.

–¿Antes de qué? –preguntó ella, despertándose de golpe.

–¿Por qué te sorprende?

–Es obvio. Yo no quiero un piso. No quiero nada de ti –le espetó Beth, ante la mirada atónita de él. Salió de la cama y se puso un albornoz–. ¡No puedes regalarme una propiedad como si fuera un suéter del que ya te has cansado!

–No me he cansado de la casa. La compré para ti.

–¿La compraste para mí? –repitió ella, agarrándose la cabeza como para contener su confusión–. ¿Estás loco?

–Es una buena inversión –repuso él, saliendo de la cama–. Pero, si no te gusta, buscaremos otra cosa.

–No quiero otra cosa. No quiero…

–Debes tener un sitio apropiado donde vivir.

–¿Por qué? ¿Qué quiere decir «apropiado», Khal? Ya tengo una casa –le recordó ella, tensa.

Beth sintió deseos de darle un pisotón para hacerle bajar a la tierra. De acuerdo, su pequeña casa de pueblo no era un palacio ni un piso de lujo, pero era su hogar. Significaba mucho para ella. A los veintiún años, había recibido una herencia de un padre al que nunca había conocido. Se había quedado atónita observando el cheque que los abogados le habían entregado entonces y se había dicho que lo cambiaría sin pestañear por la oportunidad de conocer a su padre. Pero ya había sido tarde.

–Quizá mi casa no es como los sitios a los que estás acostumbrado. Pero es mía. Bueno, mía y del banco –apuntó ella.

–Y este piso podría ser tuyo sin hipoteca.

–¿A cambio de qué? –preguntó ella, furiosa.

–¡Por Dios, Beth! Te estoy regalando un piso. ¿Qué más me puedes pedir?

Ahí estaba su error, se dijo Beth. Khal quería dárselo todo en el aspecto económico, pero aquello no tenía ningún valor a los ojos de ella.

–Si quieres algo más grande, algo con un jardín…

–¡Khal, para! ¡No quiero regalos caros! ¡Eso no es lo que quiero…! –exclamó ella y se detuvo antes de que sus sentimientos por él salieran a relucir.

–Entonces, ¿qué es lo que quieres? –inquirió él con exasperación.

Sus puntos de vista eran demasiado distantes, se dijo Beth. Él nunca lo comprendería.

–Mi casa me gusta y no necesito ninguna otra –dijo ella al fin.

–Lo hablaremos cuando te calmes.

–No –repuso ella con firmeza–. El tema no está abierto a negociación.

–Pero ahora las cosas son diferentes.

–¿Qué es diferente? ¿Qué quieres decir? Ah, ya entiendo. Piensas que el sitio donde vivo no está a la altura del jeque de Q'Adar para que me visite…

–Yo no he dicho eso.

–Pero lo has pensado –replicó ella y le dio la espalda. Nunca se había sentido tan lastimada en toda su vida–. Si crees que me voy a convertir en tu mantenida…

Ella era la única culpable de haberse enamorado de él, se dijo con amargura. Había sido una tonta por pensar que Khal podría llegar a amarla.

–No puedo seguir con esto, Khal –aseguró Beth, pensando que nunca podría convertirse en una más de sus posesiones–. No puedo ser la mujer que quieres que sea.

Cuando Beth se giró, se dio cuenta de que él estaba en el baño, a punto de darse una ducha.

–Hay otro baño en la habitación –señaló él, mirándola con frialdad–. Úsalo y luego vete.

Beth se quedó con la boca abierta. Por una vez, se había quedado sin palabras. Se sentía atónita, enojada, herida, sorprendida... y, sobre todo, llena de tristeza. ¿Cómo podía sentirse tan vacía, tras haberse sentido tan plena hacía sólo unos momentos? ¿Cómo podía ni siquiera haber soñado con que el gobernante de Q'Adar la amara como ella lo amaba a él? Se tapó la cara con las manos y se dejó embargar por la vergüenza. Khal siempre tenía al alcance de la mano todo lo que deseaba y ella se había entregado a él con la misma facilidad. Y, tras desafiar su autoridad por un momento, el

Gran Jeque la había rechazado como a un par de zapatos viejos.

Khal estaba luchando con sus demonios interiores, preguntándose qué había hecho mal. Le había comprado la mejor propiedad de todo Liverpool y ella lo había rechazado. *Ella* lo había rechazado *a él*.

–Disculpa –dijo él, tenso, cuando se la encontró al salir del baño–. Creí que ya te habrías ido a tu casa.

–En Liverpool solemos asegurarnos de que nuestro invitado llegue a casa sano y salvo –repuso ella, con tirantez–. ¿Puedes llamar a un taxi o debo hacerlo yo?

Khal se sintió avergonzado. Estaba acostumbrado a tener un coche esperándolo en la puerta de todos los sitios a los que iba y no se le había ocurrido llamarle un taxi. Y había oscurecido.

–Claro que te llamaré un taxi. O llévate mi coche.

–Un taxi está bien, gracias –replicó ella, apretando los labios.

Khal no supo qué más decir y se limitó a hacer la llamada. Había confiado en que a ella le entusiasmaría el piso. Había creído que era la solución perfecta.

–¿Qué te pasa, Beth? –preguntó él, tras hacer la llamada.

–¿Que qué me pasa? No voy a responderte. Lo que me pasa es que soy una ingenua.

–Debiste haber sabido…

–¿Por qué me trajiste aquí? Tienes razón, debí haberlo sabido. Debí haberlo esperado, porque eso es todo lo que significo para ti.

–Beth –le advirtió él–. Mira, lo que te ofrezco…

–No me ofreces nada –le interrumpió ella, furiosa–. Y lo más triste es que no te das cuenta. Has arruinado cualquier esperanza de tener un futuro juntos. Has matado mi amor por ti con el grosero regalo de un piso de lujo, cuando un simple helado me habría hecho feliz.

–¡No seas ridícula! Te compraré todo lo que quieras.

–Estás intentando comprarme, Khal, y yo no estoy en venta –gritó ella y se puso a llorar–. Crees que me estás ofreciendo una casa de un millón de libras, pero yo creo que estás intentando convertir mi vida en un parque temático para divertirte y jugar a ser una persona corriente. Y cuando te pongas la corona y te olvides de mí, ¿qué haré yo?

–¡Nunca me voy a olvidar de ti! Y tu vida normal no va a cambiar.

–¿Que mi vida no va a cambiar? Estás mucho más alejado de la realidad de lo que pensé.

–Y tú estás haciendo un drama por nada –replicó él. Nunca se había sentido tan insatisfecho.

Esperaron en un tenso silencio hasta que el timbre sonó.

–Es tu taxi –dijo él, acompañándola hasta la puerta.

–No te molestes en acompañarme. Estaré bien.

Khal no lo puso en duda. ¿Pero y él? ¿Estaría bien?

Apenas se había quedado dormida, cuando el teléfono sonó. Beth descolgó el auricular.

–¿Beth?

–Sí, soy yo… –repuso ella y contuvo el aliento antes de continuar–: Khal, no he cambiado de idea y creo que es mejor que no nos veamos más.

–Es lo mismo que te iba a decir yo.

–Oh… Entonces, ¿por qué llamas?

–Sólo quería que estuvieras tranquila antes de irme del país y decirte que, a pesar de todo, tu futuro profesional en Khalifa no se verá afectado. De hecho, te he recomendado para un ascenso.

–Ojalá no lo hubieras hecho –repuso ella, nada entusiasmada.

–No tiene nada que ver con nosotros. Eres la mejor persona para ese trabajo, eso es todo.

–Gracias –replicó ella, sintiéndose aturdida.

–Bueno, eso es todo. ¿Quizá nos veamos la próxima vez?

–Quizá…

Entonces, colgaron.

Capítulo 9

BETH se sintió mareada en su pequeño piso y se preguntó si iría a ponerse enferma. Llenó el lavabo de agua fría y se mojó la cara. Después, se sintió más fresca y más decidida que nunca. Sabía lo que tenía que hacer. No era de las que dejaban cabos sueltos. Pasó por la farmacia de camino al trabajo y, en la tienda, se encerró en el baño de empleados y llevó a cabo la sencilla prueba. Esperó al resultado. Salió del baño siendo una persona diferente, algo dentro de ella había cambiado.

Beth se sintió excitada, asustada y sobrecogida ante las complicaciones y consecuencias de estar embarazada de Khal. Pero, sobre todo, la embargó una sensación desbordante de amor. El destino les había hecho una buena jugada. Khal nunca legalizaría su situación, pero, con el niño, estarían unidos para toda la vida.

Debía hacer lo correcto y decírselo, pensó ella. Primero intentó contactar con él a través de la embajada, pero allí nadie quiso darle su número privado, incluso cuando ella mintió un poco diciendo que era parte de su equipo.

Era un milagro que se hubiera quedado embarazada. Ella no tomaba la píldora, pero Khal siempre había tenido mucho cuidado de usar preservativos.

No tenía sentido arrepentirse, se dijo Beth con firmeza, ni culpar a los fabricantes de preservativos, ni sentir pánico por el futuro. Se trataba de su bebé y su responsabilidad y saldría adelante como siempre lo había hecho. Adoraba al bebé y sentía un fiero instinto de protección hacia él. Lo protegería con su propia vida.

Decidida, llamó de nuevo a la embajada y dejó un mensaje para Su Majestad, pidiendo que la llamara.

A continuación, volvió al trabajo. Era crucial que llevara ingresos a casa. Tenía que pensar en el futuro. Quizá su hijo no crecería rodeado de lujo, pero conocería el amor. Sería más seguro para ellos vivir de forma tranquila y anónima.

Beth cumplió con su responsabilidad más que de sobra ese día en el trabajo. Si era cierto que Khal la había recomendado para un ascenso, ella iba a hacer todo lo que estuviera en su mano para demostrar que se lo merecía de sobra. Estaba muerta de cansancio cuando sonó el teléfono en la tienda. Respondió, pensando que sería algún cliente.

—¿Señorita Torrance?

A Beth se le detuvo el corazón. Aquel acento era inconfundible.

—¿Sí?

—La llamo de la embajada de Q'Adar, señorita Torrance. Su Majestad se niega a…

Beth se quedó perpleja. ¿Se negaba a qué? Intentó concentrarse en lo que le estaban diciendo.

—¿Llaves? —preguntó ella, confusa—. No sé nada de ningunas llaves.

—Del piso, señorita Torrance.

—¿Cómo dice?

—Su Majestad ha firmado la transmisión de una propiedad, que creo que usted conoce. Me ha encargado que le envíe las llaves.

—No lo quiero —repuso Beth.

—Lo siento, señorita Torrance, pero eso es algo que su abogado tendrá que hablar con nuestro departamento legal.

—Necesito hablar con él, con Khal, con Su Majes-

tad, quiero decir. Es muy importante –dijo Beth, abra-
zándose el vientre–. ¿Tiene un número donde lo pueda
localizar?

–Lo siento, señorita Torrance. No estoy autorizado
para dar esa información.

–Entonces, ¿puede pasarme con alguien que le
pueda dar un mensaje a Su Majestad?

–Lo siento, señorita Torrance –repitió el hombre
con paciencia–. No es posible.

–Si pudiera decirle sólo que llamé…

–Su Majestad ha dejado instrucciones para que no
le pasemos sus llamadas.

Beth se dio cuenta de que no podía hacer nada. Se
sintió furiosa y a la defensiva. Khal no iba a manejar-
los al niño y a ella como a marionetas. Ella criaría al
niño sin su ayuda y en su propia casa. Llamaría al abogado de inmediato porque necesitaba que alguien le
aconsejara sobre la mejor manera de alquilar el piso e
invertir ese dinero para su hijo.

Hana Katie Torrance nació sonriente tras un parto
bastante fácil y fue la primera bebé que entró en la
nueva guardería de la tienda Khalifa de Liverpool.
Hana significaba «felicidad» en árabe y eso era lo que
Beth había sentido desde el primer momento que había
sabido de su embarazo.

La pequeña familia vivía tranquila en su acogedor
hogar, una familia que incluía a Faith, una amiga de la
infancia de Beth que había acudido a la tienda Khalifa
en busca de empleo como cuidadora en su guardería. A
ambas les había parecido bien que Faith se mudara a
casa de Beth y trabajara a tiempo parcial en la tienda.

Sí, vivían tranquilas, se dijo Beth, suspirando, mientras se preparaba para ir a trabajar esa mañana. No se
le ocurría ninguna manera de mejorar su vida, excepto

porque no había conseguido dejar de echar de menos a Khal, a pesar de que llevaban un año sin verse.

–Pañales, toallitas, comida y juguetes… Todo está aquí –indicó Beth a Faith, tendiéndole la bolsa para Hana.

Entonces, la televisión captó su atención. Las noticias decían que había habido más problemas en Q'Adar, pues los jeques corruptos no querían renunciar a su poder. El reportero dijo que todo había vuelto a la calma por el momento y que el jeque gobernante tenía las cosas bajo control.

Beth se mordió el labio inferior, preocupada por Khal. ¿Sabría él que tenía una hija? Y si lo supiera, ¿le importaría?, se preguntó y miró el reloj. Era hora de salir hacia el trabajo.

Los finales felices sólo tenían lugar en los cuentos de hadas, se recordó Beth de camino a la tienda. El gobernante de Q'Adar no iba a preocuparse por una dependienta de Liverpool, mientras tenía que ocuparse de un país tan inestable.

–¿Quieres que lleve yo a la princesita? –se ofreció Faith, sacando a Beth de sus pensamientos.

–Hana es nuestra princesa, ¿verdad? –repuso Beth, sonriendo.

Era Khal quien se estaba perdiendo algo precioso, pensó Beth, mientras le pasaba la niña a Faith en la puerta de la tienda. Ni todo el oro del mundo podía compararse con aquel precioso regalo.

Beth pensó mucho en Khal ese día y en los peligros con los que él se estaba enfrentando. No dudó ni por un momento que él sería capaz de solucionarlos. Lo conocía bien y sabía que Khal no se rendiría ni se dejaría amedrentar y que su pueblo era lo más importante para él. Sin embargo, a ella no le gustaría que Hana viviera allí.

De pronto, un pensamiento la atravesó y la dejó helada. ¿Qué pasaría si Khal decidía que quería que Hana viviera en su reino? ¿Qué pasaría si se casaba con una de esas exuberantes princesas y quería que Hana se uniera a ellos? Su nueva esposa, sin duda, miraría a su hija con desdén…

Beth no pudo soportar pensarlo. No pudo soportar la idea de Hana como parte de una familia donde no era deseada. Ella no dejaría que eso sucediera.

Cuando Khal había subido al poder en Q'Adar, no había tenido ni idea de lo lejos que habían llegado la corrupción y el crimen en su país. Las intrigas se habían apoderado de su reino como serpientes venenosas. Nadie había esperado que él se lanzara sobre ellas con tal firmeza. Los jeques corruptos lo habían subestimado. Pero tenía un reino y un pueblo que defender y lo haría a pesar de las amenazas que se cernían sobre él y su familia.

Hasta ese momento, no había tenido oportunidad de ir a buscar al resto de su familia, para llevarlos bajo su protección.

Y Beth era parte de su familia, lo quisiera ella o no.

Khal se bajó de la limusina a unas manzanas de la tienda y les pidió a los guardaespaldas que mantuvieran las distancias. Necesitaba espacio y tiempo para pensar. Lo sabía todo acerca de Beth Tracey Torrance y su hija en común, Hana. Había hecho que le enviaran informes sobre ellas a diario mientras había estado en Q'Adar.

Había sabido, casi al mismo tiempo que ella, que Beth estaba embarazada y había dispuesto una escolta para que la protegiera. Las enormes responsabilidades que tenía en Q'Adar le habían obligado a permanecer allí, pero eso no le había impedido seguir los progresos de su hijita con interés. Le había gustado que Beth la hubiera llamado Hana. Algo tan pequeño como un nombre iba a facilitar la transición de la pequeña a su nueva vida como princesa árabe.

Estaba ansioso por ver a su hija y por ver a Beth. Y, sobre todo, estaba ansioso por llevar a ambas a su reino de Q'Adar, donde podía asegurarse de que estuvieran a salvo. Las revueltas habían terminado, pero no podría protegerlas tan bien de cualquier renegado que fuera a buscarlas a Inglaterra. Y había otra razón. Su pueblo había depositado en él su confianza y quería recompensar esa confianza casándose con una mujer adecuada y teniendo herederos para su reinado. Era esencial que Hana se estableciera en Q'Adar antes de que él se casara. Su presencia en el palacio reforzaría su puesto como miembro de la familia real, haciendo su posición clara antes de que la nueva esposa llegara al palacio.

Un año era mucho tiempo. Se sintió excitado al entrar en la tienda. Las fotos de los informes le habían mostrado cómo estaba Beth y sabía que ella no había perdido su resistencia y su buen humor. ¿Pero qué cambios encontraría en ella? Por ejemplo, ¿habría suavizado la maternidad su postura frente a convertirse en su amante? ¿La preocupación por su hija sería más poderosa que su orgullo?, se preguntó. ¿Querría su pequeña y rebelde Beth vivir en Q'Adar después de que él se hubiera casado? Khal conocía la respuesta a la pregunta.

Khal frunció el ceño mientras se apresuraba a entrar en el departamento de Beth, buscándola con la mirada.

Beth dejó a la pequeña Hana en una cunita de la guardería y notó un cambio súbito en el ambiente. Incluso antes de verlo, un presentimiento la hizo estremecerse de miedo. Su primer impulso fue ir a por Hana y abrazarla con fuerza.

–Beth…

Khal pensó que nunca podría olvidar la imagen de Beth con la niña en brazos. La emoción lo embargó al verlas. Cuando Beth se volvió hacia él, pudo ver el miedo en sus ojos. Aun así, ella mantuvo la compostura.

–Llámame si me necesitas –dijo Beth con calma a la cuidadora de la guardería.

–No temas, lo haré –repuso la joven, mirando a Khal con curiosidad.

–Hola, Khal… –saludó Beth, tras volverse hacia él.

Beth no estaba preparada para verlo de nuevo. Parecía el mismo de siempre, aunque varias líneas mostraban la tensión alrededor de sus ojos y su boca, además tenía algunas cicatrices nuevas en el rostro.

–¿Puedo? –preguntó él, señalando hacia la niña.

–Claro –respondió Beth–. Así que lo sabías…

–Claro que lo sabía –murmuró Khal, sosteniendo a su hija en brazos.

Al ver cómo él miraba a Hana, Beth temió que su visita no fuera de cortesía, sino la de un hombre que regresa después de la guerra para reclamar a su hija.

Capítulo 10

HABÍA demasiadas preguntas sin respuestas, aunque lo único que Beth sentía era un miedo terrible. Khal miraba a su hijita Hana con demasiada intensidad.

Ajena a los pensamientos de sus padres, Hana se despertó. El vínculo entre padre e hija fue instantáneo. Estirando su pequeña manita, la niña tocó a Khal y le agarró el dedo índice.

Guiada por el instinto, Beth se adelantó y ocupó su posición al otro lado de la cuna, donde se quedó como una leona en defensa de su cría. Un estado de alerta la envolvió. Khal era muy poderoso. Si él decidía salir de allí con Hana en los brazos, ¿qué podría hacer ella? Y si se llevaba a su hija a Q'Adar, ¿volvería ella a ver a su hija? La única herramienta con la que contaba era la de la comunicación.

—Saluda a tu papá, Hana —dijo Beth, esperando ablandarle el corazón a Khal.

—Hana es un bebé y aún no sabe hablar —dijo él con impaciencia, lanzándole una mirada reprobatoria—. Y cuando te refieras a una niña real, no debes hablarla en ese tono.

Beth se encogió por dentro. ¿Habría aprendido Khal aquello en la guardería de palacio? ¿Acaso no amaba un bebé el tono de voz de sus padres y no podía percibir en él el amor y el afecto? ¿Qué había de malo en ello? Khal le dio la espalda y Beth sintió como si la hubiera abofeteado. Ella no había tenido un modelo de crianza y lo había hecho lo mejor que había podido, siguiendo su instinto. Y ese instinto le estaba diciendo que Khal estaba dispuesto a llevarse a Hana a su terreno.

Beth se apartó un poco de Faith, que hacía lo posible por pasar desapercibida, para poder hablar más en privado con Khal. Lo llamó a su lado. Con la mirada, él la reprendió por darle órdenes, pero ella se mantuvo firme hasta que se acercó.

—Por favor, no influencies a Hana con tus modales fríos y sin sentimientos –le dijo ella al instante.

—Harás lo que yo ordene en lo que se refiere a nuestra hija.

—*Nuestra* hija –le recordó Beth y se tragó su orgullo herido–: Khal, te lo suplico…

—Aquí no –la interrumpió él, mirando a Faith–. En mi despacho, dentro de cinco minutos.

Beth se sintió furiosa, pero no quiso exteriorizar sus sentimientos delante de Hana. Quizá ella era un pequeño ratón enfrentándose a un halcón del desierto, pero, en lo que tenía que ver con Hana, Khal debía enterarse de que lucharía con todas sus fuerzas.

—Voy a poner a Hana en su cuna de nuevo –anunció Beth, acercándose a la niña–. Luego, iré a tu despacho.

—¿No puede ocuparse de ello la cuidadora?

Beth no respondió. Se quedó donde estaba, con los brazos estirados, esperando que le tendiera a su hija. No iba a ir a ninguna parte hasta que Khal no le devolviera a la niña.

—No podemos llegar a ningún acuerdo mientras sigas pidiéndome estas cosas tan absurdas –dijo Beth. Él había insistido en que dejara Inglaterra y se fuera con él a Q'Adar–. No puedo tirar por la borda todo lo que tengo aquí. Un trabajo, responsabilidades…

—Sí –la interrumpió él–. Tienes responsabilidades hacia mí y hacia tu hija.

Por la expresión que Khal tenía en el rostro, Beth supo que había prescindido de ella en sus planes. Él quería a su hija y, si no podía separar a Beth de Hana, entonces ella debía ir también. Sintió que el corazón se le rompía en pedazos, pero no era momento de venirse abajo. Era crucial responder a Khal con la misma dureza.

—No puedes llevarte a Hana por un capricho. Aquí tiene sus rutinas.

—Rutinas que pueden ser reinstauradas en Q'Adar. Y no he venido por capricho, sino porque la seguridad de nuestra hija está en juego.

—¿La seguridad de Hana? —preguntó Beth. Un miedo inexplicable la recorrió—. ¿Qué quieres decir? La situación en Q'Adar es turbulenta. Por eso es mejor que se quede aquí.

—No —repuso él con firmeza—. No puedo garantizar la seguridad de Hana cuando está tan lejos de mí. Los problemas que sufre Q'Adar son como los últimos estertores de un perro rabioso. Estamos a punto de acabar con ellos, pero existen rebeldes dispuestos a huir del país y hacer cualquier cosa para distraerme de mi propósito. Estarían dispuestos a clavarme un puñal en el corazón.

—¿En el corazón? —remarcó ella.

—No podemos retrasarnos. Ya he tomado una decisión —indicó Khal, ignorando su sarcasmo.

—¿Tú has tomado una decisión? Hana tiene dos padres —puntualizó ella, centrándose de nuevo en la discusión. Sacó su móvil.

—¿Qué estás haciendo? —preguntó él y le arrancó el teléfono.

—Llamar a mi abogado —respondió Beth. Por suerte, había tomado la precaución de buscar uno.

—¿Y alertar a mis enemigos? No tienes tiempo de llamar a un abogado y pedirle cita para la semana que viene. Esto es urgente.

–Para ti. Pero yo debo considerar todas las opciones. Necesito tiempo para pensar.

–No hay tiempo. No tenemos ese lujo. Te aseguro que no hubiera venido a menos de que hubiera un peligro real e inminente. Aquí no puedo protegeros.

–Si me lo hubieras explicado, si me lo hubieras advertido…

–No espero que lo entiendas. Tú sigues viviendo en tu pequeño y seguro mundo, o al menos eso es lo que crees. Ese mundo puede cambiar de forma terrible en un instante, Beth. ¿Quieres estar sola cuando suceda?

Por primera vez, Beth no estuvo segura de qué decir.

–Debes aceptar que nuestra hija habita el mismo mundo que su padre.

–¿Del que yo estoy excluida?

–Tú no te enfrentas a los mismos riesgos –repuso él.

¿Cómo iba a poner a Hana en peligro?, se dijo Beth. Sus opciones se habían reducido a la nada. La seguridad de Hana era una prioridad. ¿Le quedaba otra alternativa?

–¿Seguro que puedes garantizar la seguridad de Hana? –dijo ella.

–Sí –respondió él–. Si regresa conmigo ahora a Q'Adar. Y tú debes venir también, Beth.

Beth cerró los ojos un momento, buscando inspiración.

–Entonces, lo haré –contestó ella al fin.

¿Y qué iba a hacer cuando llegara a Q'Adar?, se preguntó Beth mientras recogía sus cosas a toda prisa. ¿Le tocaría ser una ciudadana de segunda? ¿Obligarían a Hana a vivir apartada de su madre, en una parte distinta del palacio? ¿Sería la niña menospreciada por ser su hija?

–No hay alternativa, ¿verdad, Khal? –preguntó Beth cuando iban de camino a la limusina, con la niña en brazos–. ¿No podrías dejar más guardias aquí para proteger a Hana?

–Crees que vives en un nido seguro y protegido. Pero olvidas que la violencia puede seguirte a todas partes y robarte aquello que más amas.

–¿Lo dices para asustarme y que vaya contigo?

–Beth… –comenzó a decir él y, por un momento, sus ojos se suavizaron–. Desearía con todo mi corazón que así fuera.

Beth miró a Hana y supo que no podía seguir resistiéndose. Tenía que hacer lo correcto para su bebé.

De camino al aeropuerto, a Beth le asaltaron un montón de preguntas y no pudo contenerse.

–¿Cómo pueden saber tus enemigos que Hana es tu hija?

Khal se quedó callado un momento y luego sacó un documento del bolsillo de su camisa.

–Puede que hayan visto esto.

–¿Qué es? –quiso saber Beth, asustada.

–La prueba de que Hana es mi hija.

–¿Prueba?

–No me mires así, Beth. Nuestra hija es una princesa real. Tenía que estar seguro. Y ahora los dos sabemos que Hana es un miembro de la casa real de Hassan…

–No vas a dejar de recordármelo, ¿verdad? –dijo Beth y tomó el documento en sus manos. A su pesar, había adivinado su contenido antes de leerlo.

–¿Por qué no lo abres?

Beth sacó una hoja del sobre y palideció al confirmar sus miedos.

–Sólo hay un modo de que hayas conseguido esto. Enviando a alguien a la sala de partos después del nacimiento para tomarle muestras a Hana.

–Era una precaución necesaria.

–¿Crees que es aceptable enviar a un intruso a la sala de partos?

–Lo creí necesario –repuso él, encogiéndose de hombros–. Pero no fue un intruso. Esa persona estaba ya allí.

Beth lanzó un grito sofocado.

–¿Quién? ¿Quién, Khal? –preguntó ella, con los ojos llenos de lágrimas, recordando lo sola que había estado tras el parto, rodeada de extraños. Intentó recordar las caras y los nombres de las personas del equipo médico que la había atendido.

–No seas tan inocente, Beth –comentó Khal con impaciencia–. En cuanto supe que estabas embarazada, mi equipo se puso en acción.

–¿Tu equipo? –repitió ella. Era peor de lo que había pensado. El jeque de Q'Adar siempre encontraba a alguien para que se ocupara de sus asuntos, incluso los más personales, pensó.

–Yo no podía correr riesgos –señaló él, como si le hubiera leído el pensamiento–. Ordené que me dieran un informe diario de vuestra evolución.

–¿A tus espías?

–¿Crees que podía dejar a la suerte el nacimiento de un bebé que con toda probabilidad era mío?

–Sí, Hana es tu hija, Khal –señaló Beth, dolida porque hubiera puesto en duda su paternidad.

–Yo tenía una guerra que luchar –le recordó él con frialdad.

–Podías haberme llamado.

–¿No crees que ya es bastante con que haya tenido que estar librando una guerra, separado de mi hija, para que encima me digas lo que tengo que hacer? Hice todo lo que pude para asegurar que estuvierais bien.

–Lo que me molesta es el modo en que lo has hecho.

–¿Qué? ¿Asegurarme de que Hana es hija mía? Se trata de algo grande, Beth. No estamos hablando de una niña corriente.

–Ningún niño es corriente –le espetó ella.

Khal inclinó la cabeza, reconociendo que esa vez, ella tenía razón.

–De todos modos, tenía que estar seguro. Y, por tu seguridad y mi tranquilidad, los que estaban contigo cuando nació Hana eran *mi* médico, *mi* anestesista, *mi* enfermera y *mi* pediatra. Deberías estarme agradecida. ¿O acaso creíste que iba a darte la espalda estando embarazada de mi hija?

–Ellos podían habérmelo dicho –observó Beth, pensando que quizá hubiera sido mejor que Khal las abandonara. El hecho de que Hana fuera un bebé real y mereciera un trato especial le hacía sentir como si ella sólo hubiera sido una madre de alquiler–. Pero no sigas. No puedo soportar que sigas hablando así de Hana.

–¿Cómo?

–Como si si no tuviera sangre real en las venas, no tendría ningún valor.

–Antes de juzgarme, examina tu propia conciencia. ¿Cuánto habrías esperado antes de intentar contactar conmigo de nuevo?

–La embajada de Q'Adar se negó a darme tu número.

Antes de que Beth pudiera continuar, la limusina se detuvo en la entrada de la zona VIP del aeropuerto. Khal tomó a Hana en sus brazos y salió con ella, dejando a Beth atrás en el coche.

Beth se quedó atónita al ver a Faith esperándolos en la sala VIP.

–Mencionaste que era importante la rutina de Hana, por eso he hecho que tu criada viniera.

–Faith no es mi criada, es mi amiga. Pero gracias...

–dijo Beth, observando el tenso rostro de él–. ¿Hay algún sitio donde podamos sentarnos juntos?

Khal negó con la cabeza.

–Cuando haya presentado a Faith al resto del equipo y haya saludado a aquellos dignatarios…

Entonces, Beth los vio, alineados y esperándolo. Por muy cansado que estuviera, Khal siempre daría prioridad a su deber.

Beth se quedó un rato sola en la sala privada antes de que Khal se reuniera con ella de nuevo.

–¿Tienes todo lo que necesitas? –preguntó él, entrando en la sala con renovadas energías.

–Todo, gracias –repuso ella, deseando que no tuvieran que estar tan tensos entre sí.

Beth señaló el asiento que había a su lado y, tras un momento de titubeo, él se sentó.

–Me preguntaste en la limusina por qué no te busqué cuando Hana nació. No quería nada de ti, Khal, ésa es la razón. Me pareció que no tenía sentido.

–Tenías derecho a recibir mi ayuda –replicó él.

Beth se sentía aliviada porque estuvieran comunicándose de nuevo y no quiso estropear el momento. No quiso admitir que había temido tener que enfrentarse a la formidable maquinaria legal de Khal y que había preferido enterrar la cabeza como los avestruces.

–No hubiera seguido trabajando en Khalifa si hubiera querido ocultarme de ti –razonó ella.

–Quizá no tenías otro sitio donde ir –sugirió Khal y se levantó para servir un par de refrescos.

–Tengo a mi familia…

Khal se percató de cómo ella se encogía al decir aquella mentira. Tal vez era mejor que él sacara la verdad a relucir. Sabía más de Beth de lo que ella creía. Sus investigaciones no se habían limitado al embarazo.

–¿Por qué no fuiste con tu familia? –preguntó él,

mirándola a los ojos–. ¿Por qué ellos no acudieron a verte?

Khal sabía que estaba siendo cruel, pero era necesario destapar la verdad. No quería vivir con mentiras nunca más.

Al darse cuenta de que Khal sabía la verdad, Beth apartó la mirada.

–¿Y bien? –insistió él–. ¿No crees que es hora de que me hables de tu familia? Por lo que me has contado, supongo que les habrá entusiasmado la idea de tu maternidad, ¿no? ¿Por qué no has ido a verlos cuando estabas embarazada o después del nacimiento?

A Beth se le llenaron los ojos de lágrimas pero, aun así, levantó la vista hacia él.

–Lo sabes también, ¿verdad, Khal? Sabes que lo que te conté en la playa no era cierto. No tengo familia. O al menos no la tenía hasta que Hana nació. La gente de la tienda es mi familia. Por eso mi trabajo significa tanto para mí –admitió ella.

Khal se quedó en silencio. No se sentía orgulloso de haber destapado las inocentes mentiras que Beth le había contado en la playa.

–Puede que no tenga familia ni toda una estructura organizativa igual que tú, pero puedo llamar a mi abogado y pedirle que me defienda y…

–Y yo lucharía contra ti –se apresuró a decir él, acostumbrado a enfrentarse a cualquier amenaza que se interpusiera en su camino.

–Lo imaginaba, Khal. Sé que ningún obstáculo te detendría para conseguir tus propósitos.

–¿No crees que Hana merece conocernos a los dos? Quiero que disfrute de lo que significa ser mi hija y princesa de Q'Adar. ¿Tú no quieres lo mejor para ella?

–Quiero que Hana sea feliz, eso es lo único que me importa.

–Igual que yo.

–No, Khal, tú quieres arrancarme a Hana y criarla haciéndole pensar que el dinero y el poder lo son todo, y que el amor no vale nada –le increpó ella y se preguntó si la estaba escuchando siquiera.

–Si te opones a mí, pediré la custodia –advirtió él–. ¿Estás lista para perder, Beth?

–No me amenaces –replicó ella, aunque sólo de pensar en perder a Hana su voz comenzó a temblar. Se sintió derrotada.

–Lo único que quiero es el reconocimiento legal como padre. Un padre que puede darle a Hana el tipo de vida que se merece.

–¿La vida que se merece? –repitió Beth, temblando por dentro.

–Intenta comprender que nuestras circunstancias son diferentes y que…

–¿Qué? ¿Que con tu fabulosa riqueza puedes comprar al juez y a tu hija?

–No es eso, Hana, y lo sabes. Tus opciones son sencillas. Puedes quedarte en Liverpool o venir a Q'Adar conmigo y con Hana –señaló él–. En cualquiera de los dos casos, Hana viene conmigo.

Beth se concentró en la seguridad de Hana. Era lo que más le preocupaba.

–¿Estás seguro de que puedes protegerla?

–Es hora de que tomes una decisión, Beth… –dijo él, mirando hacia su jet privado.

–No seré tu amante.

–Haré los preparativos necesarios para que tomes el vuelo –indicó él, como si no la hubiera oído.

Eso era todo, se dijo Beth. No podía esperar nada más de Khal. Pensando sólo en Hana, le dijo que estaba lista para ir con ellos.

–Dile a la niñera de Hana que ella también será bienvenida en Q'Adar –ofreció Khal, intentando complacer en algo a Beth.

Al mirarla, Khal se estremeció y, de forma instintiva, le hizo a Beth la señal árabe de la bendición.

Beth fue a ver a Hana y Khal se dejó caer en un sillón, mirando al vacío. Aún estaba recuperándose de la conmoción que había sentido al sostener a su bebé en brazos y al ver a Beth de nuevo.

No podía garantizar su seguridad en Inglaterra y, por otra parte, Q'Adar siempre sería un país turbulento. Era la naturaleza de su gente. Beth iba a tener que ser fuerte y él sabía que lo conseguiría porque era una mujer extraordinaria. Ella había puesto en duda todas las cosas en las que él creía. Algo que nunca nadie se había atrevido a hacer antes.

Khal siempre había sabido que Beth no estaba hecha para ser una amante fácil de manipular pero, aun así, la quería en su vida. No podía casarse con ella y ella nunca aceptaría ser su querida. Pero debía estar contento, había conseguido su objetivo al ir a Inglaterra: llevarlas con él. Por el momento, iba a tener que conformarse con eso.

Capítulo 11

EL MEDIO de transporte preferido del gobernante de Q'Adar no era un pequeño jet privado, sino un avión del tamaño de las grandes aerolíneas, con el logotipo de su casa real dibujado en la cola y en el morro. Beth estaba de pie con Hana en sus brazos y el equipo de seguridad iba a escoltarla hasta el avión. Así iba a ser a partir de ese momento, se dijo ella. Khal seguía saludando a los dignatarios y tenía un aspecto magnífico con tu túnica árabe.

–¿Dónde está Faith? –preguntó Khal cuando se acercó a ella.

–La llamaron por teléfono porque su padre ha caído enfermo. Me tomé la libertad de decir a uno de tus hombres que la llevara a casa. Espero que no te moleste.

–Hiciste lo correcto –afirmó Khal y se detuvo al pie de la escalerilla, a su lado–. ¿Quieres que te lleve a Hana?

Beth se dio cuenta de lo incongruente de su oferta. No podía imaginar a un gran jeque llevando en brazos a su bebé, delante de todo el mundo.

–Puedo sola, gracias –replicó ella y levantó la vista hacia lo alto de la escalerilla, donde todos los empleados del vuelo los estaban esperando.

Consciente de que Khal estaba detrás de ella, Beth subió la escalerilla con Hana en brazos. Los seguían miembros del equipo de seguridad y secretarios. Ella se preguntó qué pensarían sus empleados de la nueva familia de su jefe. Por lo que parecía, a Khal no le importaba lo más mínimo lo que pensaran.

–¿Quieres dejar a Hana en una cuna? –sugirió él al entrar en el avión–. Me he asegurado de que haya varias cunas a bordo –informó.

Beth sujetó a Hana con fuerza, abrumada por estar allí.

–Te mostraré el avión para que sepas dónde está todo –se ofreció él.

Khal observó que ella parecía muy joven y muy pequeña, sujetando a la bebé con fuerza y mirando a su alrededor con aprensión. Beth había tomado una decisión valiente, se dijo él, y comprendía que en ese momento se sintiera abrumada. La condujo hasta un cómodo salón, tan espacioso como el de cualquier hotel de lujo.

–Si necesitas algo, sólo tienes que pedirlo.

–Gracias –dijo ella con educación.

–Nadie te molestará. Si necesitas algo, sólo tienes que tocar esta campanilla.

Beth abrió mucho los ojos.

–Si me muestras dónde está todo, podré arreglármelas sola… –comenzó a decir ella y, al mirarlo, supo que él no sabía dónde estaban las cosas.

Khal sólo tenía que tocar una campanila para tener lo que quisiera. Nunca había tenido que buscar nada solo en toda su vida.

–Mi equipo lo hará por ti –señaló él–. No querrás insultarlos rechazando su ayuda, ¿verdad?

–De acuerdo, entonces.

Khal le mostró más habitaciones a lo largo de un pasillo lujosamente alfombrado. Beth comenzó a hablar con Hana, explicándole las cosas, desobedeciendo por completo las instrucciones de Khal respecto a no hablar con un bebé real.

–Y si necesitas un doctor, éste es el centro médico –indicó él, señalando una puerta.

–Espero no necesitarlo.

–Y hay dos dormitorios al final, ambos con cunas. Elige el que más te guste. Yo tengo los míos en la parte de delante del avión, así que no me molestarás.

–No me atrevería ni a soñarlo.

Khal continuó como si no la hubiera oído.

–Y los empleados están en una zona diferente del avión, así que ellos no te molestarán.

–Qué bien, ¿verdad, Hana?

–Hay tres baños, todos con ducha y bañera.

–¿Y toallas?

–Por supuesto.

–¿Se te ha ocurrido alguna vez hacerte agente inmobiliario? –bromeó ella.

–Y allí está el cine.

–¿Y la piscina?

Khal se detuvo y la miró con severidad.

–¿Hay cuna para Hana en el salón? –preguntó ella, cambiando de tema–. No la he visto.

–Haré que te la lleven. También hay una niñera profesional en el avión. Habría pedido dos si hubiera sabido que Faith no nos iba a acompañar.

–¿Pedido? ¿Como quien pide una pizza?

Khal la miró de nuevo con gesto severo.

–No como pizza. Como personas que valoras, Khal, porque son parte de nuestro equipo –se corrigió ella.

–¿*Nuestro* equipo?

Beth se sonrojó.

–No necesito una niñera, gracias. No es nada personal contra ella…

Khal también se encargaba de pilotar el avión. ¿No podía delegar nada en los demás?, se preguntó Beth, aún envuelta en su aroma a sándalo y ámbar.

El vuelo fue tranquilo y sin incidentes y, cuando

aterrizaron, Beth se sintió emocionada por volver a Q'Adar. Al mirar por la ventanilla, se dio cuenta de que las cosas estaban empezando a cambiar para bien bajo el reinado de Khal. Durante el tiempo que ella había estado fuera, el nuevo jeque había transformado largas zonas de desierto en plantaciones. Sintió ganas de felicitarlo pero, cuando bajó del avión, se sintió decepcionada al ver que a ella le esperaba una limusina, mientras Khal se alejaba en un pequeño coche deportivo.

Así iban a ser las cosas, se dijo Beth. El gran jefe iría por el camino rápido mientras su hija ilegítima y su madre se ocultaban tras los cristales tintados de una limusina. Sin embargo, tenía esperanzas de hacer que la vida fuera mejor para Hana en Q'Adar. Al menos, hasta que Khal les dijera que ya era seguro que regresaran a su hogar. Porque ella nunca pensaría en Q'Adar como un hogar, ¿o sí?

Pisando el acelerador de su Ferrari como si fuera a despegar, Khal se preguntó cómo iba a encajar Beth en la vida de la corte de Q'Adar. El instinto le había hecho llevarla hasta allí sin toda la parafernalia acostumbrada pero, cuando se trataba de proteger a sus seres queridos, tenía que actuar rápido y con decisión. Lo cierto era que nunca antes había llevado a una mujer a su palacio y allí estaba, con una familia completa. Tendría que encontrar algo para mantener a Beth ocupada y lejos de él…

—Ésta será tu vida por el momento –susurró Beth a su hija mientras la limusina paraba delante de la gran entrada del palacio. Entonces, levantó la cabeza y vio que la madre de Khal los estaba esperando en las escaleras–. Genial –dijo en voz alta, entusiasmada ante la idea de contar con la simpatía y el apoyo de alguien de allí.

¿Genial?, dudó al momento, mordiéndose el labio inferior y perdiendo confianza. Se dijo que lo más probable era que la madre de Khal no tuviera ganas de hacer de abuela de cuento de hadas con la hija de una simple dependienta…

Beth tenía el estómago en un puño cuando la madre de Khal bajó las escaleras para recibirlas. El conductor abrió la puerta de la limusina y no le quedó más remedio que bajar del coche y enfrentarse a la realidad.

–¡Bienvenida a Q'Adar, querida! –saludó la madre de Khal, envolviendo a madre e hija en un delicioso perfume y el tintineo de sus joyas.

–Bueno, hola de nuevo –saludó Beth, inclinándose.

–Eso no es necesario, querida –dijo la madre de Khal y la tomó por el brazo. Hana estornudó por el perfume de su abuela–. ¡Oh, qué niña tan adorable!

–Sí… –balbuceó Beth, intentando acostumbrarse a un recibimiento tan cálido.

–Es lo que necesitamos en Q'Adar –le susurró la madre de Khal a Beth mientras subían las escaleras juntas.

–¿Qué, Su Majestad?

–Sangre joven –repuso la señora y, con rapidez, echó un vistazo a Beth de arriba abajo.

¿Qué puntuación le merecería?, se preguntó Beth, recordando todas las despampanantes princesas que la madre de Khal había reunido para el baile. Era difícil saber lo que pensaba aquella mujer, tras sus penetrantes ojos negros.

–¿Quieres que les entregue a Hana a las niñeras? Mi hijo ha contratado una legión de empleados.

–No –repuso Beth, intimidada.

–¿No?

Lo último que quería Beth era tener un enfrentamiento con una señora tan amable. Al igual que Khal, su madre no estaba acostumbrada a que le dijeran que no.

–No –repitió Beth, con suavidad–. Hana no necesitará una legión de sirvientes. Lo que necesita es descansar, tras un viaje tan largo. Verá, no estamos acostumbradas a estar separadas...

–¿Ni siquiera en la tienda? –inquirió la señora–. Pensé que mientras trabajabas, Hana estaba en la guardería.

¿Cuántas cosas le había contado Khal a su madre?, se preguntó Beth.

–Cuando trabajo, estoy a mano todo el tiempo y una muy buena amiga mía, una compañera de colegio que vive en mi casa, trabaja en la guardería y está con Hana en todo momento.

–Ya entiendo –replicó la otra mujer–. Parece que lo tienes todo bajo control. Te admiro, Beth Torrance.

–¿Sí?

–Sí.

La madre de Khal le tocó la mejilla y le sonrió y, por primera vez desde que había salido de Inglaterra, Beth sintió un atisbo de confianza en sí misma. Quizá podría llevar a cabo algunos de los detalles que había planeado, cosas que había pensado para mejorar Q'Adar durante el breve tiempo que ellas estuvieran allí. Con la madre de Khal a su lado, el futuro no le pareció tan amenazador.

Los sirvientes se inclinaban y las puertas se abrían delante de ellas como por arte de magia.

–Elegí para ti la habitación que tiene jardín –informó la madre de Khal, haciendo un alto frente a un par de puertas doradas–. Creo que este pequeño apartamento es uno de los espacios más hermosos del palacio y los jardines tienen mucha sombra para la pequeña Hana –señaló y miró a la niña, dormida en los brazos de su madre–. Cuando se despierte...

–Haré que le avisen de inmediato –se apresuró a asegurarle Beth.

–¿Lo harás? –replicó la madre de Khal con agrade-cimiento–. Hace mucho tiempo que no hay ningún bebé en el palacio y me gustaría leerle cuentos y, quizá, cantarle un poco...

¿Qué pensaría Khal de ello? ¿Lo desaprobaría?, se preguntó Beth y pestañeó al imaginar una rebelión fe-menina en palacio.

Los temores que Beth había tenido de ser ocultada en el ático, fuera de la vista, desaparecieron de inme-diato cuando entró en la estancia que le habían asig-nado.

–Está al lado de mis habitaciones –indicó la madre de Khal–. Lo planeé así, esperando ver de vez en cuando a la bebé en el jardín...

–Puede sentarse con Hana y llevarla a pasear por el jardín siempre que quiera –dijo Beth, al ver que la otra mujer miraba a la niña con entusiasmo. Sin embargo, dudó que a la madre del gran jeque se le permitiera ha-cer algo así.

–¡Me encantaría!

Beth intuyó que a la madre de Khal no le importaba plantear nuevos retos cuando era necesario.

–Voy a dejarte ahora para que te acomodes. Me imagino que necesitas un poco de tiempo para acos-tumbrarte al nuevo espacio.

Beth pensó que nunca se acostumbraría lo sufi-ciente.

–Tendrás tus propios criados, por supuesto –añadió la madre de Khal antes de salir de la habitación.

–¿Criados? ¿Para qué los quiero? –preguntó Beth, incrédula.

–Disfruta de tu estatus temporal como miembro de la familia real –sugirió la otra mujer y le guiñó un ojo.

–Es usted muy generosa, Majestad, pero no nece-sito criados.

–Tonterías. Te gustarán. Te los presentaré yo misma

–se ofreció la madre de Khal y se acercó de nuevo al lado de Beth para susurrarle–: Es mejor que no les confíes demasiados detalles.

Beth abrió los ojos como platos al ver una fila de criados con uniformes impecables al otro lado de la puerta.

–Pero si esta gente va a cuidar de Hana y de mí, merecen saber cuál es la situación –opinó Beth.

–Tienes mucho que aprender, querida.

–¿Acaso no tiene todo el mundo mucho que aprender? –replicó Beth y suspiró. Entonces, se dio cuenta de su falta de cortesía y añadió–: Menos usted, Majestad.

Capítulo 12

KHAL iba de camino a los establos cuando vio a su madre corriendo tras él.

—¡La niña es adorable! —exclamó ella, encantada—. Y me he ocupado de que tu pequeña amiga se instale, como me pediste.

Khal se giró para marcharse y su madre lo detuvo, poniéndole la mano sobre el brazo.

—¿No puedes quedarte un rato y hablar conmigo, Khalifa?

—No estoy de humor para hablar y Beth no es mi pequeña amiga. El nombre de la madre de Hana es Beth Tracey Torrance.

—Pero yo puedo llamarla Beth, según me dijiste. Qué amable de tu parte…

—El sarcasmo no te va, madre.

—Ni esos malos modales te van a ti, Khalifa. Y espero que no hayas pensado montar a caballo sin escolta.

—Se acerca una tormenta, eso mantendrá a los agitadores en sus agujeros. No te preocupes por mí. Conozco bien el desierto.

—¿De veras, Khalifa?

Khal miró el rostro tenso de su madre y supo que ella estaba recordando el pasado.

—Necesito tener algo de libertad. Si me disculpas…

—No encontrarás una respuesta a tu Beth en el desierto.

–¡No es mi Beth! ¡Y lo único que pretendo es probar un caballo!

–Como tú digas. Ten cuidado, hijo mío.

Como Beth había sospechado, Hana sólo quería dormir después de un viaje tan largo. La guardería tenía de todo y las cuidadoras habían estudiado en uno de los mejores colegios de puericultura del mundo. Después de charlar con ellas, decidió dejar a la niña bajo su cuidado para poder ir a dar una vuelta.

El Palacio de la Luna estaba hecho a tan gran escala, que le llevó unos minutos llegar hasta el jardín de su habitación. Al atravesar la puerta, Beth soltó un gritito de sorpresa. Era como encontrar un jardín secreto y maravilloso. Los muros de piedra estaban cubiertos de flores y los árboles ofrecían su sombra sobre los estrechos senderos. Una fuente refrescaba la temperatura, salpicando al aire. No pudo resistir la tentación de acercarse para mojarse la cara con las gotas de agua.

Vestido con ropa de montar, Khal la observaba desde las sombras. Lo estaba esperando un nuevo semental, regalo de uno de los jeques vecinos. El caballo había batido un récord de velocidad sobre una pista y él aún no lo había probado. Aquello debía de haber bastado para que no pensara en nada más, pero al parecer, Beth era una excepción, se dijo, mientras la observaba en secreto y ella levantaba los ojos al cielo, encantada. Sólo había una cosa que podía hacer para distraerse: agotarse haciendo ejercicio. Se dispuso a subirse al caballo.

–¿Khal…?

Khal se detuvo en seco. ¿Habría ella presentido su presencia? Era imposible que lo hubiera visto. ¿Era posible que estuviera tan sintonizada con él como para saber que había estado observándola a hurtadillas? Salió de las sombras y se acercó al patio.

–Espero que te gusten tus habitaciones.

–Si te refieres a mi fabuloso apartamento, la respuesta es ¡genial!

Khal tuvo que forzarse a no sonreír. Había olvidado el efecto que Beth siempre le producía.

–¿Genial? –repitió él, pensando en todos los reyes y reinas que habían vivido allí antes que ella–. Bueno, lo importante es que tengas todo lo que necesites.

–Oh, claro que sí –le aseguró ella, girándose para mirar unos pétalos de rosa que flotaban en el estanque–. ¿Hay alguien encargado de tirar las flores al agua cada día?

–¿Por qué? ¿Te gustaría hacerlo tú?

Beth lo miró sorprendida, ante su inesperado sentido del humor.

–Me gustaría tener un trabajo, Khal. Aunque dudo estar el tiempo suficiente. De todos modos, tengo una idea.

–Adelante… –dijo él, que se había esperado algo así.

–Bueno, en palacio no tienes guardería, ¿verdad?

–Que yo sepa, sólo hay un bebé real.

–Pero los empleados deben de tener muchos más. Me pareció que…

–¿Qué? –la presionó él, deseando escapar para no tener que mirar aquellos hermosos ojos azules durante más tiempo.

–Bueno, pensé que podías ampliarla para todo el mundo.

–¿Para todo el mundo? –repitió él, frunciendo el ceño.

–Para los hijos de todos los empleados del palacio. Le harían compañía a Hana y a mí me gustaría ayudar. Podría incluso dirigirla.

–No estarás aquí tanto tiempo –le recordó él.

–No, lo había olvidado –repuso ella, bajando la mirada–. Era sólo una idea.

–Espero que el peligro haya pasado pronto para que puedas regresar a casa.

–Bien… –dijo ella y miró a su alrededor–. Esto es bonito para Hana. Pero no quiero que se acostumbre a ello.

Khal apretó la fusta entre las manos. Cuando hubiera pensado en la siguiente fase de integración para Hana, se lo haría saber a Beth.

–Si quieres montar a caballo, le diré a mi capataz que te prepare uno para que des un paseo por los campos del palacio.

–¿De veras?

Los ojos de Beth se llenaron de ilusión y Khal se dio cuenta de que lo había malinterpretado, pensando que la invitaba a acompañarlo.

–Sí, les diré que te preparen algo.

–¿Y tú no vas a venir conmigo?

–Tengo otros planes. Mi capataz te acompañará, si quieres, y te mostrará los alrededores.

–No será necesario, gracias –repuso ella, levantando la barbilla, aunque por dentro se sentía lastimada.

–Bueno, es mejor que me vaya ya. Quiero aprovechar la luz del día –dijo él, y se alejó.

Montar a caballo… ¿Por qué no?, pensó ella. Aunque Khal no la acompañara, sería toda una aventura. No iría muy lejos, se quedaría cerca de los jardines, como Khal había sugerido.

Beth fue a comprobar que Hana estaba bien y le complació observar que sus sugerencias habían sido llevadas a cabo al pie de la letra. Hana seguía durmiendo feliz, con dos niñeras a su cuidado.

En los establos, se dio cuenta de que Khal había hecho lo que le había dicho. Le sacaron un caballo pequeño de color gris con cara amable, el tipo de animal que le daba confianza a una principiante.

Beth llevaba pantalones y una camiseta y le prestaron unas botas con tacón para detener sus pies en los estribos, además de una larga tela recién lavada para protegerse el rostro del polvo. El capataz repitió las palabras de Khal, diciéndole que debía permanecer dentro de las lindes del palacio. A ella le pareció bien. Los campos del palacio eran grandes, con mucho por recorrer.

Pero cuando pasó por uno de los arcos de entrada y vio el inmenso desierto al otro lado, no pudo resistirse. Pensó que ningún rebelde se atrevería a atacarla tan cerca de palacio. Inclinó la cabeza para pasar bajo el arco y saludó al guarda, como si todo aquello estuviera perfectamente arreglado. El guardia pareció a punto de detenerla, pero ella azuzó a su caballo para que emprendiera el trote. Daría una vuelta al palacio y regresaría, se dijo.

Su caballo pareció emocionarse al ver el desierto. Beth se alejó con él un poco más, y un poco más, sobre una alfombra de arena y bajo una luna de plata. Sintió que estaría segura siempre y cuando no perdiera de vista el palacio. El cielo se estaba oscureciendo. Entonces, vio la silueta de Khal a lo lejos. Galopaba más rápido de lo que ella había visto jamás, su caballo estaba estirado como una flecha, con la cola al viento.

Beth se dijo que podría quedarse contemplando una vista tan romántica durante horas. Khal parecía dirigirse hacia un pequeño fuerte. ¿Para qué?, se preguntó ella y comenzó a trotar hacia allá. El edificio parecía abandonado desde hacía años. Era poco más que una ruina, con un hueco enorme donde un día debía de haber habido puertas y agujeros en lugar de ventanas. Debía de ser otro de los proyectos de Khal, se dijo.

Azuzó al caballo para que fuera más deprisa, no quería perder de vista a Khal. Era admirable verlo galopar así…

Entonces, un sonido parecido al de un trueno tras ella le hizo ponerse tensa. Se giró, asustada. Tardó un poco en procesar la información, que era demasiado surrealista. Una pared de arena parecía estar levantándose hacia el cielo y acercándose a ella. Se dio cuenta de que Khal no estaba sólo poniendo a prueba su caballo, estaba corriendo para salvar la vida. Lo mismo debía hacer ella, si es que no quería dejar a Hana huérfana en un catastrófico accidente.

Beth nunca había ido a todo galope en un caballo, pero en ese momento debía hacerlo para no ser tragada por la arena. Se inclinó hacia las riendas y puso en juego toda su destreza. Rezó para no caerse. Empezó a ser difícil ver adónde se dirigía y el polvo de la arena comenzó a alcanzarla. Entonces, vio una sombra y se dio cuenta de que Khal la había visto y había dado la vuelta. Iba a ir a por ella, a salvarla, se dijo, sollozando de alivio. Khal señalaba hacia el refugio, que ofrecía una escasa protección, pero era la única esperanza que tenían. Regresar al palacio implicaría cruzarse en el camino de la tormenta. Al pensar en Hana, se apresuró aún más. ¡No podía dejar que la niña perdiera a sus dos padres!

El caballo de Beth se movía todo lo rápido que podía, con las orejas hacia atrás y los ojos asustados, al ser consciente de que aquélla era una carrera que no se podía permitir perder.

–¡No te caigas! –se gritó Beth a sí misma mientras la arena cegaba sus ojos, haciéndole llorar.

El ruido de la tormenta era cada vez mayor y Beth pensó que no había esperanza. Pero Khal había llegado a su lado, galopando.

–¡Suelta los estribos! –gritó él.

¿Sacar los pies de los estribos? ¿Estaba loco?, se dijo Beth. ¡Se caería!

–¡Déjame! ¡Sálvate tú! Yo te alcanzaré –dijo ella.

Los dos sabían que no tenía ninguna oportunidad de hacerlo, pero al menos uno de los dos debía salvarse, razonó Beth.

–¡Hazlo! –repitió él.

Khal se acercó más a todo galope y agarró las riendas de Beth, acercando a los dos caballos. Beth lo miró. Khal no iba a ir a ninguna parte sin ella. Ni siquiera iba a intentar salvarse a sí mismo. Ella sacó los pies de los estribos y gritó de terror mientras Khal la agarraba por la cintura con fuerza. La atrapó en sus brazos. El caballo de Khal comenzó a correr a mayor velocidad, siguiendo al de Beth, que corría delante de ellos, liberado del peso de su jinete.

Beth se abrazó a Khal en un estado de conmoción y puro alivio. Khal la sujetaba con fuerza, protegiéndola delante de él, mientras el semental galopaba hacia el fuerte. Atravesaron la puerta del fuerte y entraron en un laberinto de edificios. Pero la pared de arena los siguió hasta allí. Khal desmontó a Beth con él. Capturó las riendas de los dos caballos y se dirigieron hacia un muro, donde quizá podrían encontrar cobijo.

–¡Me has salvado la vida! –gritó Beth, apretándose contra el muro de piedra y esforzándose por mantenerse en pie.

–¡Aún no! –repuso él, protegiéndola con su cuerpo y con los brazos apoyados a cada lado de la cara de ella–. ¿Qué estabas haciendo en el desierto tú sola? ¿No sabes lo peligroso que es?

No, Beth no lo sabía. Al ver la expresión enfurecida del rostro de él, se dio cuenta de que Khal estaba recordando otro tiempo, otro accidente que le había roto el corazón.

–Lo siento.

–¿Lo sientes? Podrías haber muerto.

–Khal, por favor, ya sé que no debía…

–No sabes nada –la interrumpió él–. La vida es preciosa.

–Perdóname –rogó ella y lo abrazó.

Pero Khal no estaba interesado en sentimentalismos y se apartó los brazos de ella del cuello.

–Recemos por tener suerte y por que la tormenta se aleje de nosotros –dijo él.

Asunto cerrado. Beth deseó poder aliviar el dolor que él sentía, de alguna manera. Y la tormenta no cesaba, no dejaba de lanzar arena sobre su santuario en ruinas.

–Toma –dijo Khal, quitándose la tela del cuello–. Cubre los ojos de tu caballo.

Khal se rasgó la camisa y cubrió los ojos del suyo. Luego, dejó que Beth enterrara la cabeza en su pecho, para protegerla de la arena.

–Me has salvado la vida –susurró Beth contra su pecho. No podía creer que hubiera hecho eso por ella, no podía creer que hubieran sobrevivido. Lo único que quería hacer era agradecérselo, curarlo, salvarlo…–. Khal, habla conmigo –rogó, cuando el ruido de la tormenta había cedido un poco.

–¿De qué? –preguntó Khal. Pero al mirarla, se dio cuenta de que no tenía sentido seguir ocultando los hechos–. La perdí en el desierto.

–¿A quién?

–A mi hermana, Ghayda. La perdí en el desierto. No pude salvarla…

–Oh, Khal, lo siento tanto…

Beth se dijo que aquello explicaba muchas cosas sobre él. Supo que, por mucho que lo amara, nunca sería suficiente. Debía ayudarlo a deshacerse de la pesada carga de la culpa para que pudiera sentir de nuevo. Lo rodeó con sus brazos y lo abrazó, no con deseo, sino con amor y compasión.

El viento ululaba sobre ellos y se quedaron en esa posición largo rato, hasta que Khal informó que la tormenta había cedido. Beth se percató sorprendida de que así era, mientras él se liberaba de su abrazo. Había estado tan sumergida en una tormenta diferente, una tormenta interior, que no se había dado cuenta. Pero, en ese momento, sintió ganas de celebrarlo porque, a pesar de las toneladas de arena que habían caído en el fuerte y casi los habían dejado enterrados, estaban vivos. ¡Habían superado aquello juntos!

–¿Crees que en el palacio saben lo que ha pasado? –preguntó Beth, pensando en Hana.

–Llámalos –dijo Khal, y sacó un teléfono móvil. Después de que Beth llamara, preguntó–: ¿Hana está bien?

–Sí, duerme profundamente.

Beth no estaba acostumbrada a que hubiera alguien que se preocupara por Hana tanto como ella, se dijo, mientras Khal llamaba a sus ayudantes y daba instrucciones en árabe. En ese momento, se sintió orgullosa de que fuera el padre de su hija. Entonces, se quedó mirándolo.

–¿Qué? –preguntó él, mientras guardaba el móvil, frunciendo el ceño.

–¿Tengo el mismo aspecto que tú? –replicó ella, mordiéndose los labios para no reírse.

Su alto y atractivo jeque estaba lleno de arena y parecía un muñeco de nieve. Tenía el pelo cubierto de polvo y su rostro estaba también blanco por la arena.

Khal se echó un vistazo a sí mismo.

–No sé yo, pero a ti te vendría bien un baño.

–¡Un baño! ¡Qué lujo!

–Eso piensan muchos –repuso él con una sonrisa.

–Me encantaría –dijo ella.

–Ven y verás –invitó Khal, tendiéndole la mano.

Beth le tomó de la mano y se sintió embargada de emoción.

–Me salvaste la vida –susurró ella.

–Y tú tuviste agallas –dijo él, con los ojos brillantes. Luego, rompió a reír–. ¡Y pareces la escoba de un deshollinador!

Khal la tomó de la mano y comenzó a caminar con ella.

–No creerás que voy a ir a ninguna parte contigo –bromeó ella, pensando que estaba guapísimo de todos modos–. Podrías ser cualquiera bajo esa máscara de arena.

–Podríamos venderla para hacer mascarillas, ¿no crees? –bromeó él–. Es la mejor exfoliación que me han hecho jamás.

–Podríamos crear una línea especial –sugirió Beth, disfrutando de la broma.

–Podemos hablar de eso después.

–¿Después? –repitió ella. Le encantaba el sonido de la palabra.

–Pero ahora… –dijo él, tomándola de la mano–, es hora del baño…

–¡Lo decías en serio! –exclamó Beth, mirando atónita una laguna.

–¿No habías oído hablar de los oasis del desierto?

–Claro que sí –replicó ella.

Nunca había imaginado que tanta exuberancia pudiera existir en medio de la nada. Pero lo mejor de todo era que hacía mucho que no había visto a Khal tan relajado. Quizá era una reacción normal tras haber sobrevivido a un momento como el anterior, se dijo. ¿Pero acaso no se merecían ambos sentirse en el paraíso?

–¿Motores? –preguntó Beth sorprendida, sin poder creer que nadie se atreviera a molestarlos.

–Helicópteros –respondió Khal–. Ahora saben dónde estoy. Traen hombres armados, pero no te preocupes… Todo mi equipo está entrenado para actuar con la máxima discreción.

–¿Es el precio que tienes que pagar?

–Le debo a mi gente permanecer con vida –contestó él, encogiéndose de hombros.

Khal disfrutó viendo cómo ella admiraba los alrededores y, al mismo tiempo, sintió un gran alivio y felicidad. El hecho de que estuvieran con vida y juntos era lo único que le importaba. El pasado y sus desacuerdos le parecieron insignificantes comparados con lo que habían pasado hacía un momento. Que lo hubieran pasado juntos y hubieran sobrevivido tenía que tener algún significado. Y lo tenía. No se había dado cuenta de lo mucho que Beth Tracey Torrance le importaba hasta que había experimentado la posibilidad de perderla.

–Éste es el Oasis de la Perla –murmuró Khal, sin querer distraerla de la contemplación. De perfil, con la brisa soplándole en la cara, estaba tan hermosa…, pensó.

–El Oasis de la Perla –repitió ella, girando la cabeza lentamente hacia él.

–Fue llamado así por la Señora Luna, a quien le gusta bañarse en esta laguna.

–¡No la culpo! –replicó Beth, con los ojos llenos de luz–. Es tan hermosa…

Khal siguió la mirada de ella hacia la luna creciente, que brillaba en el cielo rodeada de estrellas, y pensó que Beth estaba el doble de hermosa. Bajo la luna, la silueta de las montañas se recortaba en el horizonte y los largos rayos de luna bailaban en las aguas de la laguna.

Khal relajó el cuello y respiró hondo. Al estar allí con Beth, se sintió renacer. Ella le recordaba lo hermosos que eran su tierra y su reinado, y lo llenos de posibilidades que estaban. Se sintió capaz de olvidar las batallas y pensar en un futuro de paz con ella a su lado.

Beth permaneció en silencio, absorbiendo la belleza

del lugar por si no tenía oportunidad de regresar. Era una belleza que excedía los límites y le hizo reforzar su idea de que la magnificencia de la naturaleza excedía a la de las cosas creadas por el hombre. El tiempo pasó en silencio entre los dos y ella sintió que cada vez estaban más unidos, flotando en otro mundo, el mundo de sus pensamientos, en el que las posibilidades eran ilimitadas. Podría haberse quedado allí toda la noche pero, de pronto, comenzó a molestarle la arena que se le había metido por todas partes.

–¿Crees que se me secarán las ropas si me las quito y las lavo? –preguntó ella, mirándolo.

–Por la mañana, estarán secas.

–¿Pero no refresca en el desierto por la noche? –quiso saber ella, con el ceño fruncido.

–No siempre…

Capítulo 13

KHAL hizo una hoguera y se sentaron alrededor de ella. Lo siguiente que tenían que hacer era lavar los ojos a los caballos. Él sugirió que lo hicieran en la laguna.

–¿Quieres decir que los llevemos a nadar?

–Es lo mejor para limpiar el polvo y la tierra –dijo él–. ¿Qué haces?

Beth se sobresaltó cuando él se giró para mirarla, después de examinar los ojos de su caballo. Había estado mirándose por debajo de la camiseta, para comprobar si llevaba ropa interior decente. Ella se rió al ser sorprendida. Khal estaba medio desnudo.

–Un hombre sí puede –comentó ella–. ¿Pero qué pasa si yo me desnudo?

Khal le dedicó una mirada que la atravesó. Era cierto, se dijo ella. ¿No era un poco tarde para la falsa modestia?

–Haz lo que prefieras –replicó él, encogiéndose de hombros–. Yo voy al agua.

Beth admitió para sus adentros que el oasis era tentador. Cuando Khal le tendió la mano, ella dio un paso atrás.

–La piel de tu cara parece irritada –observó él–. El agua le quitará el polvo. Es lo que necesitas.

Beth no dijo nada. Sólo tenía que observar los perfectos músculos de Khal para saber lo que necesitaba, y no era sólo un baño.

Khal hizo una señal y los caballos lo siguieron a la orilla de la laguna.

–Yo no puedo con los dos. Tendrás que ayudarme…

Beth miró hipnotizada mientras él se quitaba los pantalones. Se quedó sólo con unos calzoncillos negros…

–Debes de tener arena por todas partes –dijo él, girándose para mirarla.

No era de extrañar que Khal no tuviera inhibiciones, se dijo Beth. Su cuerpo resultaba magnífico bajo la luz de la luna. Entonces, él se subió a su caballo.

–¿A qué estás esperando? –preguntó Khal, mirando hacia atrás.

A que el fuego que ardía en su interior se calmara, se dijo Beth. Aunque, con suerte, el agua fría la ayudaría. Espero a que Khal se alejara un poco para desnudarse. No sabía por qué, después de haber tenido un hijo juntos, le daba tanta vergüenza bañarse desnuda con él. Era como si se acabaran de conocer. Se quitó la ropa a toda prisa y se subió a su caballo, azuzándolo para que entrara en el agua.

Era como una escena de película, pensó Beth, mientras la cálida brisa de la noche le acariciaba el rostro. Se acercó hacia Khal. Él había tenido razón. Después de una tormenta de arena, aquello era lo que necesitaba… estar a su lado.

Beth tenía el aspecto de una diosa lunar, pensó Khal, mientras ella iba acercándose a él. La luz, como una extraña mezcla de plata y fluorescencias causadas por el calor, brillaba sobre su piel desnuda, y ella le sonreía.

Khal la había estado esperando, con el caballo en la orilla, bajo unos árboles. Cuando ella se acercó, los dos caballos caminaron despacio hacia un trozo de hierba que había sobrevivido al calor del día. Los únicos sonidos eran los de las pisadas de los caballos sobre el suelo mojado y los de las criaturas de la noche que no podían ver. Él se dejó llevar por la fantasía de que estaban solos en el mundo. El largo cabello rubio de Beth le tapaba los senos, mostrando sólo una tentadora parte de ellos. Ella no hizo amago de ocultarlos y, como siempre, mantuvo la barbilla alta. La forma en que se había recuperado después de la tormenta hizo que su admiración por ella se incrementara.

–Podemos dejarlos que pasten un poco –dijo Khal, desmontando de su caballo, y se acercó para ayudarla a bajar.

Cuando Beth lo miró, los dos supieron lo que pasaría si dejaba que la tomara en sus brazos para bajar. Así que ella se apartó un poco.

–¿Por qué no nadamos? –propuso Beth.

A Khal le hirió ver cómo el inocente entusiasmo de su acompañante se convertía en aprensión. El rostro de Beth reflejaba, además, su incertidumbre acerca de su futuro en Q'Adar. Para ser honestos, él no podía asegurarle nada al respecto. Pero la había salvado una vez y, en aquel momento, sintió deseos de volver a hacerlo…

–¿Quieres decir que quieres meterte en el agua sin los caballos?

–Exacto –repuso ella, mirando hacia la laguna–. Siempre he soñado con nadar bajo la luz de la luna y nunca había tenido la oportunidad de hacerlo.

–Entonces, lo harás esta noche –aseguró él, sintiéndose poseído por el deseo. La ayudó a bajar del caballo, manteniendo las distancias en lo posible entre ellos–. Antes de nadar, voy a echar más leña al fuego, para que caliente bien y seque tus ropas.

–Te ayudaré a buscar maderas.

–Ramas de arbustos, hierba seca, palitos, cualquier cosa sirve…

Después de recoger algunas ramas secas, Beth se quedó de pie a su lado, con las manos en las caderas.

–Has hecho un fuego muy grande, jeque…

Contento porque Beth sonaba relajada de nuevo, Khal se volvió y le hizo una mueca de burla. Entonces, se dio cuenta de que ella se había sonrojado. Habían estado cubiertos por las sombras y la oscuridad pero, con el fuego, su desnudez fue mucho más evidente. Ella parecía querer salir corriendo para ocultarse. Él no quería verla avergonzada, nunca. Quería verla conservar siempre su inocencia y su orgullo. Le tendió la mano para darle confianza y, cuando ambos entrelazaron sus dedos, él sintió una emoción que no había experimentado nunca.

Los dos sabían que aquello no podía ir a ninguna parte, pero mientras tuvieran esas pocas horas para sí mismos, ¿por qué no iban a disfrutarlas?

Nadar con Khal a la luz de la luna era maravilloso, pensó Beth. Era mucho mejor nadador que ella pero, cada vez que la adelantaba, la esperaba flotando sobre la espalda.

–¡Eso ha sido increíble! –exclamó Beth, poniéndose de pie sobre el fondo de la laguna. Pero perdió el equilibrio y tuvo que agarrarse a Khal–. Debe de ser aburrido para ti nadar conmigo.

–¿Por qué? –preguntó él, sonriendo.

–Nunca había visto la luna tan brillante, ¿y tú? –dijo ella, cambiando de tema.

–Y tantas estrellas… –dijo Khal, se apartó el pelo de la cara y se dejó flotar en el agua.

Beth pensó que nunca lo había visto tan relajado. Ella también se sentía relajada y pensaba sobre el hombre real que se escondía bajo el gran jeque. Disfrutó de la tranquilidad del lugar. Sintió deseos de que la besara y, para sacarse aquellos pensamientos de la cabeza, se apartó de él.

–¿Ahora qué hacemos? –preguntó ella, pensando que para salir del agua tendría que mostrarle de nuevo su desnudez–. Es mejor que tú salgas primero, no te miraré –propuso.

–¿Por qué no nos quedamos en el agua un poco más?

–Nos enfriaremos –replicó Beth.

Khal esbozó una maliciosa sonrisa que hizo que ella se estremeciera.

–De acuerdo, quizá podría calentarte con mi ingenio –sugirió ella, pero algo en la expresión traviesa de Khal le dijo que no–. ¿O por qué no te das la vuelta y me dejas salir?

–Prefiero la primera opción.

–¿Ah, sí?

–Te ofreciste a calentarme –le recordó Khal.

–¿De veras?

–¿Y bien? –le urgió él–. Estoy esperando.

Había llegado el momento de tomar una decisión, se dijo Beth. No podía pasar toda la noche en el agua. Le tendió los brazos y supo que estaba perdida. Ambos habían suprimido el deseo durante demasiado tiempo y, mientras Khal la atraía a su lado, sus inhibiciones desaparecieron.

–Quiero estar cerca de ti –rogó ella.

–Más cerca no es posible.

–Sí, lo es. Sabes que lo es –replicó Beth.

Khal lo sabía. Sujetándola entre sus brazos, la llevó a una parte más profunda de la laguna, donde él podía hacer pie y ella, no. Beth cruzó las piernas alrededor de la cintura de él.

–Soy tuyo –murmuró él.

–No lo dudes.

Khal la sujetó con un brazo y, con la otra mano, le tomó la cara y la besó. No se había dado cuenta de lo mucho que la había echado de menos hasta ese momento y supo que ella debía de sentir lo mismo, pues con cada beso estaba dejando salir las lágrimas.

¿Cómo podían quedar saciados el uno del otro? Ni el agua fría podía mermar su fuego. Beth se abrió a él como una flor, echándose hacia atrás mientras él la penetraba, gritando el nombre de él, con los ojos cerrados, entregándose al placer.

Se había convertido en una mujer desde que había sido madre, pensó Khal. Incluso tenía un sabor diferente, dulce, maduro y maravilloso. Todo en ella era maravilloso. Estaba caliente y húmeda para él, observó mientras la penetraba más hondo, entrando y saliendo, dejándose guiar por los suspiros de ella. No quería otra cosa que darle placer. Era lo único que le importaba. Deseaba ver su rostro y escuchar sus gemidos de éxtasis, quería disolverse en ella, hacerle el amor hasta que todo lo demás desapareciera…

–Oh, Khal, no puedo controlarme.

–No tienes que hacerlo.

Entonces, Beth se inclinó hacia él, emitiendo sonidos sin sentido, con total libertad. Así era como él deseaba sentirse, libre.

Cuando la tormenta de su acto sexual terminó, Khal la llevó a la orilla.

–¿Ya no tienes frío? –bromeó Beth.

–¿Y tú?

–Ahora no –contestó ella y se tumbó a su lado en un lecho de hierba.

–Misión cumplida, entonces.

Beth lo detuvo cuando él intentó levantarse.

–Veo que tienes el mal hábito de seducirme –dijo ella, deseando provocarlo. Era como si estuvieran en un reino mágico y ella no estaba lista para volver al mundo real–. Majestad –lo llamó, tumbándose hacia atrás para tentarlo.

–Khal –dijo él y la besó.

Era algo con lo que no podía bromear, pensó Beth. Su título real tenía demasiado peso para él.

–Khal –repitió ella con suavidad, acariciándole la cara con un dedo.

–Mucho mejor –repuso él y le capturó el dedo con la boca.

De nuevo, Khal la tomó entre sus brazos e hicieron el amor muy despacio, disfrutando del placer hasta que no pudieron contenerlo más tiempo. En el agua, habían llegado al clímax juntos, como dos seres primitivos. Pero él quería que aquella segunda vez fuera diferente, algo que recordara siempre, aún después de regresar al mundo real. Khal la tumbó y la besó hasta que ella le dijo que no podía esperar más y que todo su cuerpo deseaba tenerlo dentro de nuevo. Él se negó a apresurarse y le besó todo el cuerpo, de la cabeza a los pies. Luego, le masajeó los pies hasta que ella empezó a ronronear como un gatito. Después, hizo que ella se girara y la besó detrás de las rodillas, haciéndole reír.

–No tenía ni idea… –comenzó a decir Beth y se quedó muda.

–¿Ni idea? –preguntó él, mientras sus besos avanzaban hacia la parte interna de los muslos de ella.

–De que mis piernas podían ser tan sensibles.

–Tienes mucho que aprender.

–¿Querrás enseñarme?

–Mientras estés en Q'Adar, por supuesto.

De pronto, Khal la notó tensa. El tiempo que tenían para estar juntos era algo que ninguno de los dos podía predecir,

–Te deseo tanto… –admitió ella, pensando que era más que eso, aunque nunca podría confesárselo–. No puedo creer que esta noche vaya a tener fin.

Se tumbaron hombro con hombro a mirar las estrellas.

–La noche no acabará mientras haya fuego –murmuró Khal.

–Y has puesto bastante leña… –dijo ella–. El desierto es muy especial, ¿verdad?

–Así es.

–Pensé que no me iba a gustar, que sería estéril, duro y hostil.

–Es estéril, duro y hostil.

–Pero también es hermoso –observó Beth y lo miró después de unos minutos–. Tenemos que regresar a ver a Hana.

–No romperé mi promesa –le aseguró él, besándole la mano–. Estarás de vuelta antes de que Hana se despierte.

Beth intentó no decir nada pero, mientras se miraban a los ojos, no pudo contenerse

–¿Y luego?

–Luego la vida continúa, como antes.

Una súbita tristeza invadió a Beth. Se dijo que no debía ser avariciosa, que debía contentarse con aquella noche mágica…

–Vamos a ensillar los caballos –sugirió Khal, poniéndose en pie–. Nuestras ropas están secas –informó, después de comprobarlo.

La realidad había ganado terreno, pensó Beth, y el sueño se estaba desvaneciendo a toda velocidad. No habría más besos ni más miradas acarameladas, se dijo, mientras preparaban los caballos. Eso había sido todo.

Khal la ayudó a montar y le preguntó si se sentía bien antes de subirse a su caballo negro.

Bien…

–Disfrutemos del paseo de regreso –dijo Khal, sintiendo la tristeza de ella.

Debían sacar el mayor provecho de lo que tenían, porque no podía ofrecerle nada más, se dijo él.

Capítulo 14

KHAL se quedó en la entrada de la habitación de Hana, viendo cómo su madre la acunaba. Habían pasado la noche separadas y ver su reencuentro le produjo una gran emoción.

Entonces, sintió la pérdida de un tiempo precioso, todos aquellos meses en que no había podido estar con ellas. Pero Beth y él parecían llevarse mejor y no veía razón para no sacar de nuevo el tema y proponerle a Beth quedarse como su amante.

Estaba seguro de que, en esa ocasión, cuando le mostrara a Beth los beneficios de quedarse en Q'Adar bajo su protección, podría convencerla.

A Beth le conmovió la expresión que encontró en los ojos de Khal después de dejar a Hana de nuevo en su cuna. Mostraban esperanza, además de una ternura que nunca había visto antes en él.

–¿Me estabas espiando?

–Estaba admirando tus habilidades como madre –admitió Khal–. Hana es una niña feliz y eso es gracias a ti, Beth. Eres una madre maravillosa.

–Gracias… –replicó ella, llena de orgullo y amor por él.

Sin sospechar nada, Beth aceptó la invitación de Khal a dar una vuelta juntos.

–He estado pensando en nuestro futuro –comenzó a decir él, guiándola hasta un patio lleno de árboles.

Una fuente esparcía sus gotas en el aire y Beth se

deleitó con la belleza del entorno. Se dijo que nunca antes había sido tan feliz.

–No me gusta verte triste –dijo Khal–. No me gusta oírte hablar de abogados y, sobre todo, no me gusta sacar el tema legal en lo que tiene que ver contigo.

–¿Me estás diciendo que eres un hombre nuevo? –preguntó Beth, sintiendo que la llama del amor crecía dentro de ella. Tuvo ganas de reír de alegría, de correr alrededor del patio para expresar la excitación y felicidad que sentía. Pero consiguió refrenarse–. ¿Así que al final has cambiado de idea y ahora piensas lo mismo que yo?

–No sé –admitió Khal–. No sé qué piensas tú. Me gustaría creer que tú quieres que pasemos más tiempo juntos.

–Con Hana.

–Claro, con Hana –aseguró él–. Como una familia de verdad.

El rostro de Beth se iluminó de esperanza.

–Es lo que tú quieres, ¿no es así?

–Más que nada en el mundo –replicó ella.

Beth no podía creerlo. No podía creer que Khal le estuviera diciendo que podían estar juntos. Entonces, el rostro de él se oscureció y ella lo miró preocupada.

–Cuando casi te pierdo en la tormenta de arena en el desierto…

–Oh, Khal… –dijo ella, recordando la confesión que Khal le había hecho sobre su hermana. Le tocó el brazo y lo miró a los ojos–. Me salvaste la vida y nunca podré agradecértelo bastante.

–No me debes nada –contestó él, sorprendido–. Si te hubiera perdido…

–Pero no me has perdido, estoy aquí. Siempre estaré para ti.

–Sé que lo dices en serio.

–Así es –declaró ella con pasión.

Khal, que nunca revelaba sus sentimientos, los estaba compartiendo con ella. Beth se sintió conmovida y llena de amor. Sus sueños se habían hecho realidad. Iban a estar juntos como una familia de verdad.

–Hasta la tormenta de arena, no me había dado cuenta de lo mucho que significas para mí. No había pensado cómo sería vivir sin ti. Y con Hana viviendo aquí en el palacio, con nosotros… Mi hija, Hana –remarcó Khal y su rostro se suavizó–. Prométeme que te quedarás conmigo aquí en Q'Adar.

–¿Lo harías por nosotras? –preguntó ella, al pensar en las dificultades a las que Khal tendría que enfrentarse y las críticas que recibiría por casarse con una mujer de una cultura diferente–. Lo dices en serio, ¿verdad?

–Nunca he hablado más en serio –afirmó él–. Hana y tú sois todo lo que quiero. No me había dado cuenta de lo lejos que estoy dispuesto a llegar para construir un futuro juntos. Los sucesos de anoche me han ayudado a ver las cosas con más claridad.

–Oh, Khal… –dijo Beth, y le acarició el rostro–. Finges ser muy duro, pero eres como yo, ¿no es así? Ambos tenemos ese espacio vacío dentro de nosotros que sólo otra persona puede llenar. Se trata de reconocer a esa persona cuando aparece.

Percibiendo el amor de Khal, Beth se sintió segura y radiante, supo que todo podía ir bien. No iba a perder más tiempo pensando en si era apropiado que una dependienta de Liverpool se casara con el jeque de Q'Adar. Se enfrentaría a ello sin más, como siempre había hecho. Seguiría las instrucciones de Khal y sus consejeros. Aprendería la lengua y estudiaría la cultura y la historia de Q'Adar. Buscaría obras de caridad que patrocinar y lo haría lo mejor posible para ayudar a la gente. Y, sobre todo, ayudaría a Hana a entender la riqueza de su herencia de ambas partes del mundo.

–¿Te quedarás conmigo, Beth Tracey Torrance? –preguntó Khal con suavidad–. ¿Vivirás conmigo y me amarás?

–Sí… –susurró ella, confiada.

Khal quería recompensar a Beth por lo valiente que había sido en la tormenta de arena y, sobre todo, por enfrentarse a su nueva vida en Q'Adar con tanta determinación. Quiso darle a probar una muestra de lo que ella podía esperar como su amante.

–¿Qué es esto? –preguntó ella, sorprendida, cuando Khal la guió hasta su salón privado.

Él lo había preparado todo allí y se moría de impaciencia porque Beth viera todos los regalos que tenía para ella.

–¿Estás contenta? –preguntó él, mientras Beth miraba todos los paquetes envueltos. Pensó que ella debía de sentirse abrumada–. Si las joyas no son de tu gusto, puedo encargarte más…

–¿Más? –repitió Beth, mientras un puñado de joyas se le caían de las manos–. ¿Son buenas?

–¿Buenas? Claro que sí –replicó Khal, complacido con su reacción.

Entonces, Khal hizo una señal y un sirviente llevó un cofre de bronce y lo colocó sobre una mesa, delante de Beth. Khal sacó una llave de su túnica y se la tendió. En vez de lanzarse a abrir el cofre, como él había esperado, Beth miró la llave con desconfianza.

–¿Por qué no abres la caja en vez de juguetear con la llave? –la instó él, impaciente porque ella descubriera la segunda parte de la sorpresa.

Khal consiguió refrenar sus impulsos de abrir el cofre él mismo. Se dio cuenta de que a Beth le temblaban las manos y se dijo que sería a causa de la emoción… pero la cara de ella decía otra cosa. Mostraba aprensión, lo que hizo que él se sintiera un poco irritado. No podía entender por qué ella titubeaba, cuando le estaba ofreciendo cosas que de otro modo nunca podría tener.

¿Qué significaba todo aquello?, se preguntó Beth. ¿Acaso no le había dicho a Khal una y otra vez que no era necesario que la comprara y que no quería nada de él? Una terrible sospecha comenzó a crecer dentro de ella, la sospecha de que Khal no había cambiado y que estaba utilizando su riqueza para tentarla a quedarse en Q'Adar. Y eso que ella ya había aceptado hacerlo, pensó, frunciendo el ceño.

Beth rezó para estar equivocada y abrió el cofre. Miró dentro y no supo si sentirse aliviada o no. No había dentro nada más que un manojo de llaves y algunas fotos.

–¿Qué son? –preguntó ella, tomando las fotos, que mostraban una casa enorme en lo que parecía ser Inglaterra. Tenía un lago a un lado y un jardín delante. Se dijo que quizá era la casa que debía tener la esposa de un jeque, aunque ella se conformaba con tenerlos a Hana y a él–. ¿Las llaves de una casa?

–¿Te gusta? –preguntó Khal, con una sonrisa.

–¿Es nuestra nueva residencia en Inglaterra?

–La compré para ti, Beth.

–Para mí… –repitió ella, intuyendo que no le iba a gustar su respuesta–. ¿Viviremos allí juntos?

–Tú sabes que yo vivo en Q'Adar. Es para ti, para cuando quieras regresar a Inglaterra. Puede que te visite allí de vez en cuando. No quiero que te sientas atrapada aquí, Beth, por eso te la compré.

A Beth le sonó como si él planeara vivir parte de sus vidas de forma independiente. ¿Hacían eso las parejas casadas?

–Una vez que estés bajo mi protección, necesitarás tener una residencia apropiada en Inglaterra.

¿Bajo su protección?, se preguntó Beth, mientras su aprensión crecía. ¿Estaban todos sus sueños a punto de venirse abajo? Echó un vistazo a todas las joyas que había sobre la mesa, a las fotos y a las llaves.

–Me dejaste claro que no te gustaba el piso –explicó Khal, ante la mirada confusa de ella–. Por eso te compré otra propiedad. Te gusta tener jardín, me he dado cuenta.

–¿Jardín? –dijo Beth, con la voz temblando–. Necesito más que un jardín, Khal.

–Y tendrás más. Tendrás una casa en Q'Adar, además de una mansión en Liverpool.

–Pero no quiero una mansión en Liverpool.

–Entiendo que te ha pillado todo por sorpresa –afirmó Khal con indulgencia–. Pero, como mi amante, debes empezar a acostumbrarte a mis regalos.

Negando con la cabeza, Beth se puso en pie de un salto.

–Y quiero regalarte el viejo fuerte también.

–Khal, por favor… –suplicó ella, con las manos temblorosas–. Por favor, para.

–Creí que te gustaba el viejo fuerte –dijo Khal, frunciendo el ceño–. Creí que su historia te fascinaba.

–¡Y me fascina! –gritó Beth, sintiéndose aplastada.

–¿Entonces? –preguntó Khal, claramente extrañado por su falta de entusiasmo.

Aquél no era el tierno amante que Beth había conocido en el desierto, el hombre que la había protegido y le había salvado la vida. Aquél era el jeque de Q'Adar, un hombre que esperaba que sus deseos fueran órdenes y que no sabía nada sobre el amor.

–Estoy decidido a reformar el viejo fuerte –continuó él, ignorante del tormento por el que Beth estaba pasando–. Y sería bueno para ti que te interesaras por el proyecto.

–¿Bueno para mí? –inquirió ella–. Nunca pensaste en casarte conmigo, ¿verdad?

–¿Casarnos? ¿De qué estás hablando?

–Debes de pensar que soy una ingenua –afirmó Beth, incapaz de controlar las lágrimas–. Tienes razón. Soy una ingenua y una tonta.

–Claro que eres una tonta.

–Había hecho planes, Khal… Había planeado todo lo que haríamos juntos cuando estuviéramos casados, por Hana y por Q'Adar…

–Aún puedes hacer esas cosas, no veo qué es lo que ha cambiado.

–Pierdo el tiempo pensando que hay un ser humano debajo de esa túnica, ¿verdad? Sólo eres el frío gobernante de Q'Adar –le acusó y se zafó cuando él trataba de sujetarla–. Un hombre que no se detiene ante nada para conseguir lo que quiere, aunque eso signifique pisotear a los que lo aman.

–Beth…

–¡No, Khal! –gritó ella–. ¿Pensaste que podrías encerrarme en el viejo fuerte, fuera de la vista de todos, para que estuviera allí a tu disposición, y comprar mi silencio con unas vacaciones en Liverpool? ¡No! –le advirtió–. ¡Aléjate de mí! Me hablaste de amor. Me hablaste de lo mucho que significaba para ti, cuando en realidad lo que planeabas era…

–Quería demostrarte lo mucho que significas para mí.

–¿Encerrándome en un nido de amor en el fuerte?

–Bueno, cuando terminaran las reformas, pensé que podríamos encontrarnos allí…

–¿Lejos de los ojos curiosos?

–Lo hacía por ti.

–¡Y por ti, claro!

–Pensé que el proyecto de reforma te interesaría.

–No me dirijas, Khal. No necesito que me mantengas ocupada. Soy madre, tengo a Hana y tengo un trabajo en Inglaterra.

–No puedes apartarme de tu vida –le recordó Khal.

–Y tú no puedes ignorar la mía. No tienes ni idea, ¿verdad? Para ti, la relación entre un hombre y una mujer se trata sólo de dominación y posesión. Para mí, se trata de la libertad de amar de manera incondicional...

–Y ésa es la diferencia entre nosotros –la interrumpió él–. Tú eres una soñadora, yo soy realista.

–¡Y tú sueñas con una cama caliente esperándote en el fuerte! ¡De ninguna manera, Khal! No puedes llevarme al desierto para utilizarme cada vez que tengas un momento libre.

–No lo hagas sonar tan sórdido.

–Es que lo es –afirmó ella, separándose de él–. ¿Qué tipo de ejemplo crees que le daríamos a Hana si hiciéramos lo que sugieres?

–Hana es princesa de Q'Adar y tendrá una legión de sirvientes...

–Hana no necesita una legión de sirvientes, necesita amor y seguridad.

–¿Y crees que yo no puedo dárselos?

–Nunca impediré que veas a Hana, lo sabes, Khal. También sabes que nunca me quedaré aquí como tu amante.

–Acabo de recuperar a Hana y no dejaré que te la lleves de Q'Adar.

–Ningún juzgado te negará la custodia compartida.

–¿Ningún juzgado de qué país?

Beth tembló sin querer. El hombre que había conocido en el desierto había desaparecido y se estaba confrontando con un extraño determinado a imponerle su voluntad.

–Por favor, no seas cabezota. Estamos hablando de nuestra hija –dijo ella.

–Exacto. Hana vivirá en las estancias de palacio, conmigo y el resto de los miembros de la familia real.

Beth palideció.

–¿Y habías pensado enclaustrar a la madre de Hana a kilómetros de distancia, en el viejo fuerte? Ni lo sueñes –le advirtió ella.

Khal la detuvo cuando ella se iba.

–¿Adónde vas?

–Lejos de ti. A la guardería –respondió Beth, aclarando sus pensamientos–. Voy a recoger a Hana, hacer nuestras maletas y salir de aquí… Voy a llevar a Hana a casa.

–Ésta es su casa, y si tú quieres irte, si quieres irte sin tu hija, hazlo.

Beth lo miró atónita.

–No puedes decirlo en serio. ¿Cómo crees que me iría sin Hana?

–El sitio de Hana está en Q'Adar, conmigo. Igual que el tuyo.

–¿Mi sitio? Debería ponerme en mi sitio, ¿verdad, Khal? ¿Debería estarte agradecida por todos tus favores? –le espetó ella, mirando con desprecio las joyas–. ¡No estoy en venta! Ahora, déjame salir.

–Puedes irte –repuso él–. Pero Hana se queda conmigo.

–¿Contigo? ¿Crees que voy a dejar que mi hija crezca con un hombre que tiene el corazón de piedra? Crees que todo puede arreglarse con dinero y poder, pero yo sé que no es así. Sé distinguir cuando me intentan ofrecer algo sin valor.

–¿Sin valor? ¡Te ofrezco una casa y seguridad!

–¿Encerrada lejos de aquí como tu amante?

Khal no dijo nada.

–Es un gesto vacío, Khal. Yo ya tengo una casa, y Hana y yo tenemos todo lo que necesitamos.

–Como princesa real de Q'Adar, Hana necesitará una buena escolta de seguridad. ¿Puedes ofrecerle eso?

Beth empalideció al darse cuenta de su impotencia.

Capítulo 15

NO TIENE por qué ser de este modo –dijo Khal, mientras Beth giraba el rostro–. No quería lastimarte, Beth. Por favor, escúchame. No debes ser tozuda. No tienes por qué hacerte la valiente todo el tiempo.

–Sí, tengo que hacerlo.

Beth se mordió el puño para contener las lágrimas. Khal no podía soportar ver a Beth sufrir delante de él y haría cualquier cosa para arreglarlo. Cualquier cosa, menos casarse con ella, claro. Nunca haría eso.

–¿Cómo puedo hacerte feliz?

–De ninguna manera –repuso ella–. No puedes hacer nada. Sólo deja que busque a un abogado que pueda ayudarme a arreglar esto.

–Yo puedo ayudarte a arreglarlo.

–No quiero tu solución.

–Podríamos vivir como una familia aquí.

–¿Hasta que te cases? No viviré una farsa en Q'Adar, Khal.

–No correrás ningún riesgo por ser mi amante –aseguró él–. Y podrás ir a tu casa de Liverpool siempre que quieras.

–¿Y dejar a Hana aquí contigo y tu esposa?

Khal la miró a los ojos.

–Te sugiero que te vayas y pienses en ello, Beth. Piensa en todas las opciones.

Beth miró al hombre que amaba, un hombre que había cambiado tanto que apenas podía reconocerlo.

–Eso haré, Su Majestad –repuso ella, tensa.

Beth no tenía ninguna intención de quedarse por allí sin hacer nada, ni de acatar la voluntad de Su Majestad con resignación. Llamó al aeropuerto y reservó un billete de avión. Así de sencillo. Luego fue a la guardería y, tras hablar con las niñeras, sacó a Hana de su cuna. No tenía la intención de huir como una ladrona, quería hacerlo de la manera correcta. Hana no iba a correr ningún riesgo, porque pensaba llamar a la Oficina de Asuntos Exteriores de Inglaterra y hacer que prepararan las medidas de seguridad oportunas para cuando aterrizaran.

Había intentado razonar con Khal, pero él no quería escuchar. El siguiente paso era actuar. Cuando llegara a Inglaterra, contrataría a un abogado para que la defendiera.

Beth pidió a una de las niñeras que la acompañara.

–Sólo hasta el aeropuerto –explicó Beth, mientras salían por una puerta lateral. Antes había telefoneado pidiendo un coche–. Quiero que Su Majestad sepa que Hana ha llegado segura hasta el avión.

La niñera dijo que lo haría y Beth se lo agradeció antes de subir a la limusina, con Hana en los brazos.

Khal pensó que Beth estaría con Hana en la guardería. Cuando descubrió que se habían ido, alertó a todo su sistema de seguridad e hizo que se cerraran las fronteras. Iba a intentar alcanzarlas él mismo. Tenía claro qué camino había seguido Beth. Seguro que ella pretendía ir con Hana a Inglaterra, donde se sentiría segura.

El guarda que había en los garajes confirmó las sospechas de Khal. A continuación, el jeque llamó al chófer de la limusina para que regresara de inmediato al palacio con sus pasajeras. Después de colgar, se subió a su todoterreno para seguirlos, mientras sus helicópteros trazaban círculos sobre el coche.

Llevaban un tiempo conduciendo cuando Beth le pidió al chófer que parara. En su opinión, había estado conduciendo demasiado deprisa y estaba preocupada por su seguridad. Cuando el conductor no respondió, ella llamó con los nudillos en el cristal que los separaba. Se alarmó cuando el hombre siguió ignorándola.

–No es nuestro chófer habitual –observó la niñera–. Nunca antes lo había visto en el palacio.

–Genial –dijo Beth, apretando a Hana entre sus brazos.

¿Se habían puesto en peligro por su culpa?, se preguntó Beth y entendió por qué Khal había estado tan preocupado. Él no había querido asustarla y ella había sido demasiado cabezota. Si aquello era un intento de secuestro, estaban en peligro. Debía proteger a Hana y a la niñera, pensó. ¿Pero qué podía hacer, si no tenía armas ni sabía cómo usarlas? Era una extranjera en ese país y el chófer podía estar llevándolas a cualquier parte.

–Está dirigiéndose hacia la frontera –susurró la niñera, como si le hubiera leído el pensamiento a Beth.

–Debemos detenerlo –murmuró Beth. Lo único que sabía era que estaban en medio de ninguna parte. Llamó al cristal. El hombre la ignoró de nuevo y ella decidió recurrir a una medida de emergencia–: ¡Tengo que cambiarle los pañales a la niña! –gritó por el intercomunicador–. ¡No puedo hacerlo en esta carretera llena de baches! ¡Pare, si no quiere que todo se manche aquí atrás! ¡Pare! –gritó de nuevo y, cuando el hombre no respondió, añadió–: ¡Creo que mi hija está enferma! Si le pasa algo, usted será el responsable.

Tras un segundo, el chófer pisó el freno y la limusina derrapó durante un buen tramo de la carretera, hasta detenerse con las ruedas chirriando.

–Aquel monumento conmemorativo –susurró Beth a la niñera–. ¿Puedes verlo? Cuando paremos, quiero que escondas a Hana bajo tus ropas y vayas hacia esos arbustos. No corras, camina de forma calmada, como si necesitaras algo de privacidad, y no te dejes distraer por nada.

La niñera estaba temblando, pero Beth tenía que confiar en ella en ese momento.

–Mantén a Hana a salvo hasta que vaya a buscaros –añadió Beth.

Mientras hablaba, Beth hizo un ovillo con varias ropas de Hana y las envolvió en un chal para que pareciera que aún llevaba al bebé con ella.

–Mi ayudante necesita ir al baño –dijo Beth al chófer cuando el coche se detuvo del todo.

–Buena idea –dijo él y salió del coche también.

Era su mejor oportunidad, se dijo Beth. Se subió al asiento del conductor, puso en marcha el motor y se dirigió hacia donde estaba la niñera con Hana. El corazón le latía mientras intentaba manejar el enorme vehículo, no estaba acostumbrada a maniobrar en la arena. Pasó sobre rocas y el cauce seco de un viejo río, hasta que perdió el control del volante y las ruedas se quedaron varadas en la arena. No tenía ninguna posibilidad de sacar la limusina de allí.

Khal había cambiado de idea respecto al todoterreno y se había subido a un helicóptero. Había pensado que así podría llegar al aeropuerto antes que la limusina y llevar a Hana y a Beth de nuevo al palacio sin problemas.

Khal miró hacia abajo, al desierto y allí vio algo que se movía en la arena.

Con la arena llegándole a media pierna, Beth caminaba a toda prisa llevando a Hana en un brazo y sujetando a la niñera por la cintura con el otro, ayudándola a caminar más rápido. Entonces, oyó el helicóptero sobrevolándolas. No pudo perder tiempo intentando averiguar si era amigo o enemigo. El miedo la estaba dejando sin fuerzas y tenía el corazón a punto de explotar. Echando una rápida mirada hacia atrás, vio que el chófer tenía un teléfono móvil en la mano, para pedir refuerzos. Ella estaba dirigiéndose hacia la carretera, con la esperanza de pedir ayuda a algún coche. No había muchas posibilidades de conseguirlo, pero era lo único que podía hacer.

Khal plantó el helicóptero sobre la carretera, entre las mujeres que corrían y un camión que se acercaba. Beth no lo sabía, pero había estado encaminándose directa al peligro. No había tiempo para aterrizar y salvarlas, se dijo él, así que debía enfrentarse con los rebeldes primero hasta que llegaran sus hombres. Llevaba armas y no dudaría en utilizarlas.

Beth dejó de correr cuando vio toda la arena levantada por el helicóptero que había aterrizado en la carretera. El chófer de la limusina había vuelto al coche e intentaba sacarlo de la arena con desesperación.

Eso lo mantendría ocupado, se dijo Beth, limpiándose la cara con la manga de la blusa.

–¿Estás bien? –preguntó Beth a la niñera.

La pequeña Hana estaba dormida profundamente, pero la niñera estaba cerca de la histeria. Tenía que sacarlas de allí, se dijo Beth.

–Vamos a volver al monumento conmemorativo –dijo Beth con firmeza–. Y vais a esperar allí, escondidas en los arbustos, hasta que yo consiga ayuda.

–No me deje –rogó la niñera, agarrándose a ella.

–Tengo que ir a buscar ayuda. Puedes hacerlo. Sé que puedes.

Beth pensó que no era oportuno compartir sus miedos. Lo único que sabía era que quedarse de brazos cruzados no era una opción.

Beth corrió hacia el helicóptero. Se sintió aliviada al ver a Khal salir de él y casi le fallaron las piernas.

Entonces vio que llevaba un arma, para ella otro recordatorio de que aquello no era un cuento de hadas ni un viaje de placer en Q'Adar.

Khal era un rey, jeque de jeques, defensor de su pueblo. Beth no lo había visto con perspectiva hasta ese momento. Lo había juzgado como si fuera una persona normal, un trabajador de nueve a seis, cuando en realidad, Khal llevaba el peso de todo un país sobre los hombros y, al mismo tiempo, tenía que lidiar con todos los nuevos sentimientos que le había provocado encontrarse con su hija, Hana. No era raro que pareciera duro. Tenía que serlo, pensó.

–¡Beth! ¡Podía haberte disparado! –gritó él, levantando la pistola hacia el cielo. La agarró con fuerza y la empujó hacia la puerta abierta–. ¡Sube! ¡Sin preguntas! ¿Dónde está ella?

–Con la niñera, entre los arbustos, en ese monumento.

–Las recogeremos.

–¿Y el conductor?

Khal echó un vistazo a los helicópteros de su ejército, que volaban rápido y a ras de suelo, dirigiéndose hacia allá.

–Ellos se ocuparán…

Era una situación terrible pero, con Khal ocupándose de todo, Beth se sintió a salvo. Estaba conociendo una nueva faceta de él. Un hombre distinto del empresario de éxito, un rey guerrero, un verdadero halcón del desierto, un hombre que jugaba la mano del destino con instinto de héroe. Igual que sus antepasados antes que él, Khal lucharía para mantener a salvo a su pueblo y aquéllos a quienes amaba. Ella no había comprendido la magnitud de sus responsabilidades hasta ese momento. Todas las riquezas y el lujo no significaban nada, comparados con la riqueza interior de Khal. Se sintió poseída por un torrente de amor hacia aquel hombre, su protector y el rey de Q'Adar. El papel que ella jugaba en la vida de él parecía insignificante comparado con todos los retos que él debía superar.

No debía ser una egoísta, se dijo Beth, sufriendo. Debía dejarlo ir cuando aquello terminara. Entonces, le apretó el brazo, al ver que sobrevolaban el lugar donde Hana y la niñera estaban escondidas. Se preguntó cómo podía haberlo considerado indigno de ser padre, cuando era el mejor padre que Hana podía tener.

–¿Aquí? –preguntó él.

–Sí.

Khal bajó el helicóptero.

–Tráemela sana y salva –pidió ella.

Khal saltó del helicóptero casi antes de aterrizar y, agachándose bajo las hélices, corrió.

Beth no podía hacer otra cosa más que esperar, llena de tensión. Fueron los segundos más largos de su vida, antes de que Khal regresara a la cabina del piloto con Hana entre los brazos y la joven niñera agarrada a él. Lloró aliviada al ver a su hija a salvo.

Khal ayudó a la niñera a subir al helicóptero y se sentó junto a Beth. No había tiempo para hablar. Apretó algunos botones y tomó los controles para despegar.

El helicóptero se levantó sobre el desierto, dejando la batalla atrás. Beth pudo ver que los insurgentes habían sido capturados por las tropas de Khal. Quizá no había estado tan mal, pues gracias al intento de secuestro los rebeldes habían salido a la luz del día. Qué sabía ella. Estaba presenciando cosas que nunca había imaginado y sufría por Khal, al comprender mejor la presión a la que estaba sometido. Sintió miedo por él y se dio cuenta de que su cargo era solitario, además de peligroso.

Aterrizaron en la azotea de palacio, donde fueron rodeados al instante por los criados y guardias armados. Khal se aseguró de que se ocuparan de ellas y desapareció a toda prisa. Beth se sintió aliviada por tener tantos detalles de los que ocuparse: cuidar a la pequeña Hana, tranquilizar a la niñera, despejar los miedos de los criados… Todo el mundo estaba tenso y era ella quien debía transmitirles confianza en las habilidades de Khal para manejar la situación. Ni siquiera se dio cuenta de lo exhausta que estaba, había demasiado por hacer.

Khal acudió a la guardería para ver a Hana en cuanto pudo. Beth parecía agotada y, por las miradas tranquilas de sus sirvientes, intuyó que ella no había descansado ni un momento desde que habían aterrizado.

En ese momento, también estaba ocupada, cerciorándose de que la niñera tuviera un teléfono y la privacidad necesaria para llamar a sus padres y tranquilizarlos. Llevó a la joven a una pequeña antesala y regresó.

–Beth… –comenzó a decir Khal, deseando haberle podido ahorrar todo el sufrimiento que acababa de pasar.

Beth lo miró. Khal pudo percibir que estaba llena de adrenalina y pensó que, cuando los niveles de actividad bajaran, ella se desplomaría.

–Khal, ¿estás bien? –preguntó ella, aliviada de verlo.

Su primer pensamiento siempre era para él.

–Estoy bien –repuso Khal–. Gracias a ti, hemos aplastado al último grupo de rebeldes y hemos capturado a su líder.

–Fue un error poner a Hana en peligro.

–No sirven de nada las recriminaciones, Beth.

–¿Cómo puedes soportar tanta inseguridad?

–Q'Adar es un país en proceso de transición y lo será durante un tiempo. Ésta es mi vida y éste es mi pueblo. No voy a parar hasta que no acabe con la corrupción y mi pueblo pueda disfrutar de la vida que se merece.

–Pero no a costa de tu vida.

–Un país es más que una vida, Beth, y si puedo traer la estabilidad a Q'Adar, las nuevas generaciones lo sacarán adelante.

–Contigo como líder –insistió ella.

Frotándose la barbilla, Khal la miró.

–Lo que hiciste hoy fue muy valiente.

–Actué por simple instinto. Estaba aterrorizada –admitió ella, encogiéndose de hombros.

–Es normal –replicó él con una triste sonrisa–. Yo también lo estaba. El hombre que no conozca el miedo es un tonto.

–Ahora entiendo mejor las cosas… sobre ti, sobre Q'Adar.

–¿Qué dices, Beth?

–Tu pueblo te necesita.

–¿Y?

–Siempre lo quieres saber todo, Khal.

Él se relajó un poco.

–Es una de mis herramientas para sobrevivir.

Beth sintió que se había operado un cambio entre ellos. Un cambio en su entendimiento. Un cambio que no le permitiría abandonar a Khal, porque eso sería una cobardía.

–¿Y bien? –insistió él, arqueando las cejas.

–Te necesito –confesó ella tras ponerse en pie. Lo miró a los ojos–. Y si aún me quieres, me quedaré aquí en Q'Adar a tu lado.

Durante un momento, Khal no se movió, ni dijo nada y, con gran lentitud, comenzó a sonreír. Era una sonrisa llena de ternura, deseo, humor, amor… y advertencia, por todas las dificultades que tendrían que superar juntos.

–No te merezco –dijo él, tras llevarse la mano de ella a los labios y besarla.

Capítulo 16

ANTES de salir de la guardería, volvieron a comprobar que Hana estaba bien. Khal acompañó a Beth hasta la puerta de su habitación y allí se despidieron, porque él insistió en que ella debía descansar.

–Toma un baño –sugirió él–. E intenta dormir un rato. Creo que no te has dado cuenta de lo cansada que estás. Si te despiertas a tiempo, cenaremos.

Por supuesto que se despertaría a tiempo, pensó Beth. No quería separarse de él todavía, después de que habían estado tan cerca de enfrentarse al futuro juntos.

Cuando una de las criadas abrió la puerta e hizo una respetuosa reverencia ante Khal, él le encargó que se asegurara de que Beth no se quedara dormida en la bañera.

–Khal, debes de pensar que soy una debilucha –comentó ella.

–Nada parecido –replicó él y dio un paso atrás–. Ahora, si me disculpas, creo que los dos necesitamos descansar un poco.

–Sé que tú no vas a descansar.

–Me daré una ducha –señaló él y esbozó una ligera sonrisa antes de irse.

Beth durmió tanto y tan profundamente que la criada tuvo que sacudirla un poco para despertarla.

–Su Majestad requiere su presencia en el *brunch*.

–¿*Brunch*? –repitió Beth, incorporándose–. ¿Qué hora es?

Era casi mediodía del día siguiente, descubrió Beth sorprendida.

Se dio una ducha, se puso ropas cómodas y siguió a uno de los criados hasta el ala de palacio donde estaban situadas las estancias del jeque de Q'Adar. Era un espacio austero hasta el punto de rozar lo espartano, igual que el hombre que lo habitaba.

La puerta que llevaba a su despacho era de caoba tallada. Khal estaba al teléfono y, cuando el criado los dejó y cerró la puerta, indicó a Beth que se acercara.

Por la expresión de la cara de él, Beth adivinó que tenía que decirle algo que a ella no iba a gustarle.

–Ya es seguro que regreses a Inglaterra –dijo él.

Beth se quedó atónita. ¿No había acordado quedarse allí con él?

–Estaba comprobando que todo estuviera preparado –informó él.

–Pero creí…

–Sé lo que me dijiste y tu oferta me conmovió profundamente, pero éste no es tu sitio, Beth, y ahora estarás a salvo en Liverpool. Cuento con la cooperación del gobierno británico. No quiero que te preocupes por nada. Incluso te he buscado tres firmas de abogados para que elijas una… aunque puedes contratar a cualquier otra, por supuesto.

Beth se quedó de piedra.

–¿Y qué preparativos has hecho para tu propia seguridad? –preguntó ella.

–Son secretos, no puedo decírtelos, si no, no serían tan efectivos –señaló él, esbozando una breve sonrisa–. Vivimos tiempos peligrosos, Beth, y siempre habrá personas ambiciosas que pondrán sus propios intereses por encima de los de mi gente. Es mi responsabilidad frenarlos y también es mi responsabilidad asegurar que estés a salvo.

–¿Y Hana?

–Os llevaré a las dos al aeropuerto mañana a primera hora.

–¿Dejas que Hana se vaya? –inquirió Beth, anonadada.

–No está bien separar a una niña de su madre. Y, ahora que he preparado un equipo de alta seguridad para protegerla día y noche, estoy tranquilo.

Beth pensó que tampoco estaba bien separar a una niña de un padre que la adoraba pero, como era habitual, Khal estaba sacrificándose por los demás. Ella había cambiado mucho desde su llegada a Q'Adar, y Khal también. ¿Podía ofrecerle él mejor regalo que eso?

Condujeron en silencio al aeropuerto a la mañana siguiente, seguidos por más coches con escolta armada.

Así era la vida de Khal y ella iba a dejar que se enfrentara a ello solo, se dijo Beth. Estaba abandonándolo en medio de una situación que no era nada estable.

Miró a Khal. Su rostro estaba lleno de determinación y ella adivinó que estaba decidido a enfrentarse a la separación de Hana con corazón de acero, igual que hacía con tantas cosas.

Ella sabía mejor que nadie cómo era no tener a nadie en quien confiar y Khal estaba en esa situación. Él siempre había protegido a su familia, ocultándoles la verdad. Como único responsable del gobierno de Q'Adar, no compartiría sus miedos más íntimos con nadie. Qué triste y qué ridículo que sus vidas fueran por caminos tan diferentes, cuando ambos tenían tanto en común. Tenían mucho que ofrecerse el uno al otro y todo ello iba a ser malgastado.

Con un suspiro, Beth giró la cabeza para mirar por

la ventanilla y darse de frente con las novedades de un
país en vías de cambio. Allí estaban los pozos recién
construidos para llevar agua a las nuevas cosechas. Y,
a pesar de que tenía sus propias preocupaciones, no
pudo evitar sonreír y saludar con la mano a un grupo
de niños que se había reunido junto a la carretera para
observar la caravana de coches.

A Beth, las responsabilidades de Khal le parecían
ilimitadas y, aunque tuviera un Consejo para ayudarlo,
la última palabra en todas las decisiones la tenía él.
Decisiones que afectarían al futuro de todos los niños
de Q'Adar.

Los llevaron a la sala VIP, donde no había posibilidad de que Khal hablara en privado con ella, ni que le
mostrara a Hana su afecto. A pesar de que era una sala
cómoda, a Beth le pareció un sitio frío para decirle
adiós a un ser amado. Había muchas personas esperando para saludar a Khal y, siempre, él hacía sentirse
a cada uno de ellos como si fuera especial. Sabía ser
amable, gracioso y genial, y mantener escondido su
lado guerrero.

Para él, el deber siempre era lo primero, incluso en
ese momento, observó Beth. No era extraño que su
pueblo lo amara y confiara en él.

Khal se acercó a ellas al fin y habló primero con la
guardaespaldas que había designado para cuidar de
Hana y ella.

–Cuídalas bien –dijo él, mirando a Beth.

La guardaespaldas le aseguró que así lo haría y
Beth apretó a Hana contra su pecho, esperando poder
mantener la compostura mientras Khal le dedicaba el
saludo tradicional árabe antes de darse la vuelta para
irse. Ella tragó saliva para no llorar cuando lo vio ale-
jarse, seguido por sus ayudantes. Se sintió de inmediato perdida y vacía. Su amante, su amado, se había
ido. Se sintió rota en pedazos.

Khal subió a su pequeño deportivo, que había hecho que le llevaran al aeropuerto, y pisó el acelerador al máximo, saliendo hacia la interminable carretera del desierto. No quería pensar. No quería nada ni estar con nadie. Necesitaba espacio y soledad para lamerse las heridas. No podía soportar el dolor que sentía al separarse de Beth y Hana. Había despedido a sus guardaespaldas y sólo quería estar en compañía de una persona. Alguien que estaba enterrado en la arena, junto a un monumento conmemorativo.

El Ferrari se detuvo, salpicando arena. Aparcó al borde de la calzada de piedra por la que Beth había llevado a su hija para ponerla a salvo hacía unos días. Pero él no había ido allí para revivir esos recuerdos, sino para recordar a su querida hermana y sus ojos brillantes y llenos de alegría.

Su hermana lo había mirado a los ojos en el momento en que le había retado a intercambiar sus caballos para demostrarle que era mejor jinete que él. En aquellos tiempos, él era muy joven, inconsciente y lleno de energía. Se había reído ante la sugerencia de su hermana y había saltado gustoso de su montura. Ella tenía el mejor caballo y él había estado deseando probarlo. El caballo de su hermana había sido mucho más rápido que el suyo y la había dejado atrás en la carrera. Había estado tan excitado con su éxito que ni siquiera se había dado cuenta de que el desierto se la había tragado. Su hermana había intentado alcanzarlo tomando un atajo y saliéndose del camino. Se había perdido y se había hundido en unas arenas movedizas. Había sufrido una muerte lenta y terrible.

Desde entonces, Khal no había compartido sus pensamientos con nadie y había cerrado su corazón a los sentimientos. Había aceptado la responsabilidad de gobernar Q'Adar con alivio, aunque sólo fuera porque así nunca tendría tiempo para sentir de nuevo. Había estado seguro de que aquello le traería paz, pero no podía haber estado más alejado de la realidad en su suposición. En ese momento, se dio cuenta de que sólo tenía una vida y que debía vivirla a fondo como había hecho su hermana. Él siempre había respetado la pasión de Ghayda por la vida y aquella forma de vivir la vida a medias no habría complacido a su hermana ni honraba su memoria. Había estado tan ciego y había sido tan ingenuo...

Khal descansó la mano sobre la piedra y miró al cielo, donde el avión estaba llevándose a Beth y a Hana muy lejos.

–Te quiero –susurró Khal, pensando en su hermana. Y en Beth.

Normalmente, Beth sentía un cosquilleo de felicidad cuando metía la llave en la cerradura de una casa nueva. Había crecido en una larga serie de instituciones benéficas y suponía que eso le había hecho convertirse en alguien muy territorial. Pero ese día se sentía vacía.

Levantó el moisés, llevó a Hana hasta la entrada y cerró la puerta. La aventura había terminado. Se habían separado de Khal en el aeropuerto y era momento de acostumbrarse a vivir sin él.

Se obligó a contener las lágrimas cuando Faith salió de la cocina.

–¡Qué sorpresa tan maravillosa! –exclamó Beth con sincero placer–. No puedo expresar lo mucho que me alegro de verte. ¿Significa que tu padre está mejor?

–Sí, está mejor –confirmó Faith, acercándose para abrazarlas a las dos.

Eso haría las cosas más llevaderas, se dijo Beth. Necesitaba tener amigos a su alrededor para llenar los espacios vacíos, aunque en el fondo ella sabía que esos vacíos nunca se llenarían.

–¿Quieres que lleve a Hana arriba y que la acomode? –se ofreció Faith.

–Haré dos tazas de té mientras la subes –informó Beth y le tendió a la niña.

Beth observó que Faith parecía más feliz de lo que había estado en mucho tiempo y pensó que se debía a que su padre había mejorado. Se alegró por ella, pero su sonrisa se desvaneció en cuanto Faith y Hana desaparecieron de su vista. Nunca podría acostumbrarse a vivir sin Khal.

Preparó té y paseó por la cocina, acariciando su taza pensativa. Se dirigió al salón… y a punto estuvo de caérsele la taza.

–¿Khal? –dijo ella y tuvo que agarrarse al respaldo de un sofá para no perder el equilibrio–. ¿Cómo…?

–¿Cómo he llegado antes que tú? –dijo él, terminando la frase–. Te hice trampas.

A Beth le resultaba tan extraño verlo allí, parado en medio del salón…

–Bueno, Beth… ¿no vas a saludarme?

–Hola –dijo ella, sintiéndose como una tonta–. ¿Cómo?

–Tú viniste en un avión comercial de pasajeros y tuviste que esperar dos horas para embarcar.

–Mientras que tú pilotabas tu propio jet privado y no te hicieron esperar en el aeropuerto para despegar –adivinó Beth. Se dio cuenta de que ella no era más que una chica normal en una situación extraordinaria.

Khal le sonrió.

–Un jet no puede separar a dos amigos, ¿verdad? –preguntó él, sonriendo.

–Amigos…

–Eso espero.

–¿Por qué has venido? –preguntó ella con la boca pequeña, sin estar segura de si quería conocer la respuesta.

–Porque dejamos algo inacabado. Y porque quiero que vuelvas –explicó él, tras un momento de silencio.

–No puedo… Otra vez, no.

–Escúchame. Te necesito en Q'Adar. El país te necesita.

–¿Q'Adar me necesita? –preguntó ella, frunciendo el ceño.

–¿No fuiste tú quien dijo que un país es algo más que una hoja de cálculo?

–Pero yo soy una extraña. Y no sé cómo ayudar.

–Me dijiste que tenías planes… La guardería, ¿recuerdas? Y dijiste que eso era sólo el comienzo. Me dijiste que un país necesita un corazón. Tú eres el corazón, o podrías serlo, si quisieras. Y recuerda que yo pasé todos mis años de colegio y la mayoría de mi vida adulta fuera del país, así que yo también soy un extraño. Pero volví a Q'Adar y me alegro de haberlo hecho. El país necesita un liderazgo fuerte, Beth, o se sumirá en el caos.

–Yo no me rendiría –afirmó Beth, con los ojos llenos de lágrimas, permitiéndose compartir el sueño de Khal por un momento.

–Eso lo sé. Y también recuerdo otra cosa que dijiste: un país necesita algo más que un liderazgo fuerte, necesita un rostro humano.

–Pero no el mío.

–¿No eres tú Beth Tracey Torrance? ¿No eres la joven que puso todo mi mundo patas arriba? Dime, Beth. ¿No tienes nada que decir? ¿Al fin he encontrado el modo de hacerte callar?

–Quizá… tal vez lo has encontrado –dijo ella.

Khal le tomó las manos y se las llevó a los labios.

–Te estoy pidiendo que vuelvas conmigo… pero esta vez quiero hacerlo bien. Sé que para ti no puede ser una decisión fácil y sé que he sido un egoísta y un tonto.

–No –discutió ella–. Eres un hombre que se ha convertido en rey, un hombre que ha salido de su mundo para encararse con una situación peligrosa, en la que tienes que trabajar a contrarreloj para traer el orden a Q'Adar... o morir en el intento.

–Eres tan sabia, pequeña Beth.

–No tan pequeña, si no te importa –señaló ella, retomando su espíritu orgulloso.

Ambos se miraron a los ojos y les resultó difícil contener la emoción y el alivio que compartían al estar juntos de nuevo.

–Beth Tracey Torrance, te amo –confesó Khal, mirándola a los ojos–. Y siempre lo haré, tanto si quieres venir conmigo como si no.

–Lo dices en serio, ¿verdad?

–El destino quiere que estemos juntos –opinó él, encogiéndose de hombros.

–El destino no tiene nada que ver en esto –señaló ella, con pragmatismo.

–No, pero yo sí...

Beth se puso seria.

–¿Qué estás diciendo, Khal?

–Estoy diciendo que te dejé ir en una ocasión y que nunca lo haré de nuevo. Estoy diciendo que quiero que estés siempre a mi lado y que lo haré a tu manera con tal de conseguirlo.

–¿Cómo? –preguntó Beth y se mordió el labio inferior. Quería creer que la vida podía darles un respiro. Pero... ¿cómo podía ser? Khal era rey y ella no era nadie...

–Si no puedo vivir sin ti, ¿qué otra cosa podemos hacer? –preguntó él.

–Me rindo –repuso ella, haciendo un gesto de impotencia.

–Eso no es propio de ti –observó él, sonriendo.

–Sé que no podría vivir cerca de ti en Q'Adar y

verte compartir tu vida con otra familia, tu familia oficial. Me rompería el corazón.

–¿Mi familia oficial? Beth, Hana y tú sois mi familia –afirmó Khal y cerró los ojos, repitiendo el nombre de ella como si quisiera grabárselo en el alma–. No sabes lo mucho que te amo.

–No lo bastante como para sacrificar tu país. Y yo nunca te pediría que lo hicieras.

–Lo único que quiero de ti es saber que sientes lo mismo que yo.

–Sabes que lo siento –replicó Beth con pasión–. No puedo vivir sin ti, pero debo hacerlo. Por mucho que deseemos que las cosas sean diferentes, no siempre podemos tener lo que queremos.

–¿Por qué no? –inquirió él, llevándose las manos de Beth a los labios.

–No es nuestro destino…

–¡Tonterías! –exclamó Khal–. ¿Acaso el amor se mueve por caminos fáciles? –añadió y tomó la cara de ella entre las manos–. No me dejes, Beth Tracey Torrance.

–No sé qué responderte.

–Pues yo sé qué preguntarte.

–Dime –se ofreció ella, dispuesta a ayudarlo en todo lo que pudiera.

–¿Quieres casarte conmigo, Beth? ¿Quieres entregarme tu corazón a mí y a Q'Adar?

Beth abrió la boca, pero no consiguió emitir sonido alguno. Intentó pensar, pero no pudo.

–¿Beth Tracey Torrance, de clase trabajadora, puede casarse con Su Majestad Khalifa Kadir al Hassan, jeque de jeques, Portador de la Luz para su Pueblo?

–Podemos casarnos cuando quieras –repuso él sencillamente.

–Lo dices en serio, ¿no?

–Claro que sí. ¿Por qué lo dudas?

–Porque lo que me propones no es sólo improbable, es imposible –replicó ella, en voz baja.

–¿Quién dice que es imposible?

Beth negó con la cabeza.

–Bueno, ciertamente, no tú, Majestad.

–Entonces, ¿por qué ibas a ponerlo tú en duda?

–Porque yo no soy nadie.

–¿Nadie? –repitió Khal y se rió, mirándola.

–No es cosa de risa –protestó ella–. El mundo entero sabrá que soy una dependienta de Liverpool que viajó al desierto y se enamoró de un jeque… Dirán que soy tu entretenimiento.

–No cuando te conviertas en mi esposa.

–Dirán que me acosté contigo y tuve una hija tuya.

–¿Y qué me importa? –la interrumpió Khal–. ¿Te preocupa lo que digan los demás?

–Me importa lo que digan de ti. Es tan indigno…

–¿Acaso amarte es indigno?

–Dirán que me quedé embarazada a propósito.

–Pueden decir lo que quieran y morirse de envidia. Te quedaste embarazada, pero nos lo pasamos muy bien.

–Khal, por favor, esto es serio…

–Nadie dirá nada despectivo sobre ti en mi presencia. Nos amamos el uno al otro y eso basta. Nunca pensé que fueras el tipo de persona que se vendría abajo si la gente hablara mal de ti y sigo sin creer que vayas a dejar que tu vida sea gobernada por lo que piensen los demás. Así que, si eso es lo único que te preocupa, Beth… ¿O es que te asusta pensar en compartir tu vida conmigo?

–¡No!

–Si así fuera, lo entendería –aseguró él–. Espero que el momento de peligro haya pasado en Q'Adar, pero no hay garantías de eso.

–No puedo exponer a Hana al ridículo –dijo ella, y se mordió el labio inferior al imaginar horribles titulares en los periódicos.

–Hana no se verá expuesta a nada desagradable cuando estemos casados. Prefiero tener a mi lado a alguien honesto y sincero que a cualquier princesa del mundo. Sé que te estoy pidiendo mucho, Beth. Si te casas conmigo, te condenarás a vivir bajo la atención de los demás, pero cuando el mundo te vea igual que yo y se dé cuenta de lo maravillosa que eres…

–¿Beth Tracey Torrance, reina de Q'Adar? –dijo Beth y lo miró incrédula.

–No te ves como yo te veo. Eres como un soplo de aire fresco y tienes mucho que ofrecer. Sólo hace falta que te des cuenta, Beth. No es posible que complazcas a todo el mundo, así que ni lo intentes. Haz sólo lo que creas que está bien. Y esto está bien, tú lo sabes.

–Te decepcionaré.

–¿Decepcionarme? –repitió él y la miró. Lejos de decepcionarlo, lo tenía admirado–. La fortaleza no reside en la riqueza y el poder, sino aquí, Beth –indicó él, tocándose el corazón–. Necesito tu fortaleza, como tú necesitas la mía. Soy mucho mejor persona contigo que sin ti. Me haces sentir y me haces ver las cosas de forma diferente. Me das amor y alegría, y entusiasmo por la vida. Has pintado mi mundo de colores vivos. Me haces sufrir y desear y esperar… Me diste a Hana.

Khal la abrazó y Beth lo vio llorar. Pero se quedó aún más sorprendida cuando él se arrodilló ante sus pies.

–Beth Tracey Torrance… ¿Me harás el honor de convertirte en mi esposa?

–Podemos celebrar una boda pequeña –sugirió ella, que empezaba a hacer planes en su cabeza sobre algo que antes había creído imposible–. Nadie tiene por qué saberlo. Y me quedaré en un segundo plano cuando estemos casados –añadió y, al ver la expresión de Khal, preguntó–: ¿Qué sucede?

–No es lo que había planeado para ti en absoluto.

–¿Y qué tienes bajo la manga? –inquirió ella.

Khal la abrazó de nuevo.

–Tendrás que esperar para verlo. Pero no pienso esconderte en ninguna parte. Quiero mostrar al mundo entero a mi amada esposa y a nuestra hija.

Justo como Khal había prometido, la prensa del mundo entero se había reunido para presenciar la boda de Su Majestad Khalifa Kadir al Hassan y Beth Tracey Torrance, de Liverpool. Cuando sonó el cuerno ceremonial de Q'Adar, el Nafir, con su única nota, Beth corrió a la ventana para disfrutar de la vista. Cientos de miles de leales súbditos del gran jeque habían acudido para no perderse el acontecimiento.

–Estás muy hermosa –observó la madre de Khal, mientras terminaba de arreglarle el velo.

Faith levantó a Hana para que Beth la besara y Hana se rió feliz. Las tres mujeres se miraron de forma conspiratoria. Sólo ellas y Khal sabían que la pareja ya se había casado, en una pequeña ceremonia privada, sin invitados aparte de Faith y la madre de Khal, que habían sido los testigos. La gran boda que estaba a punto de celebrarse era fruto de la insistencia de Khal. Ellos no necesitaban pompa ni ceremonia, pero Khal quería presumir de esposa delante del mundo y de su pueblo…

Su nuevo pueblo, se dijo Beth, admirando a través de la ventana al reino que amaba. Su mirada se posó en las montañas y en el monumento al que había ido esa mañana temprano con Khal, los dos a caballo, para dejar su ramo de novia como señal de recuerdo y amor en la tumba de la hermana de él. Ella sintió que había sido un momento catártico para Khal y que los había unido aún más.

Había llegado el momento y, rodeada por aquéllos que la amaban, Beth dejó sus estancias y atravesó pasillos hasta lo alto de la gran escalera de mármol del Palacio de la Luna, desde donde miró a todos los reunidos. Al instante, sus ojos se entrelazaron con los de Khal y, en respuesta a su mirada de amor, comenzó a caminar hacia él.

Epílogo

TRES meses antes, Khal había comprado una licencia rápida. Para un matrimonio de emergencia, le había dicho a Beth, envolviéndola en sus brazos y cubriéndola de besos.

–En Liverpool no se puede hacer eso –había protestado ella.

–Si el gran jeque no puede, entonces encontrará a alguien que pueda.

–¿Tienes amigos en puestos altos?

–Las relaciones entre los dos países nunca han sido mejores –había señalado Khal, dejando a Beth sobre las almohadas de la cama–. Tengo algo para ti.

–¿Qué es?

–Esto –había replicado él, tendiéndole una cajita que había escondido detrás de la espalda–. Sé que no soportas las joyas.

–¿Quién dice eso?

–Por eso te compré…

–Khal –había protestado ella, sentándose en la cama–. ¿Qué has hecho?

Beth había roto a reír cuando había abierto la adornada cajita de joyería y había visto el anillo de compromiso que Khal le había comprado.

–¡De plástico! –había exclamado ella–. ¿Cómo sabías que era exactamente lo que quería? ¿Lo mandaste hacer para mí?

Beth había levantado el anillo hacia la luz, pretendiendo admirarlo.

–Tuve que comprar muchas cajas de galletas antes de encontrar uno que pudiera gustarte.

–Me encanta y nunca me lo quitaré –le había asegurado ella, medio en broma.

–Espero que no lo digas en serio. Podrías hacerme un buen moratón si me dieras un puñetazo con eso.

–¿Y esto qué es? –había preguntado ella, tomando una caja de galletas sin abrir.

–Abrámosla y veamos, ¿te parece?

Beth la había abierto con ansiedad y había soltado un gritito sofocado cuando todo su contenido había salido de la caja.

–¿Son buenas?

–Por favor, no me vengas con ésas de nuevo –había replicado él, fingiendo preocupación.

–De acuerdo, ya sé que son buenas –había dicho ella, excitada–. Pero Khal, no tenías por qué…

–De acuerdo, devuélvemelo.

–No, lo que se da no se quita…

–Deja que te ayude, entonces –había sugerido él.

Khal le había quitado el anillo de plástico del dedo y, en su lugar, le había puesto la joya más espectacular que Beth había visto. Un anillo formado por zafiros de todos los colores del arco iris.

–Excepto rojo –había señalado Khal–. Porque el rojo es exclusivo del rubí…

–¡Oh, Khal, no!–había protestado ella, al verlo sacar otro anillo del bolsillo de la camisa–. No puedes hacer esto.

–¿Quién lo dice?

Khal había reemplazado el segundo anillo con un tercero, con un gran rubí en forma de corazón.

Beth se había quedado impresionada. Nunca había visto nada igual. El corazón de rubí estaba rodeado por los más maravillosos diamantes.

–Espero que te guste. Puedes usar el de plástico para todos los días.

–Me encanta…

–Bien –había dicho él e, ignorando las risas de ella, había tirado al suelo todas las cajitas que había sobre la cama, se había quitado la ropa y se había unido a ella bajo la sábana.

La gran ceremonia en el Palacio de la Luna fue impresionante, aunque ambos sabían que para ellos había significado mucho más la pequeña ceremonia que habían celebrado en Liverpool. Las dos bodas reflejaban sus diferentes mundos pero, a partir de ese momento, caminarían el mismo camino y compartirían la misma vida…

Khal la había estado esperando, con un aspecto magnífico con su túnica de beduino, negra con los ribetes dorados y rojos como signo de la familia Hassan. El vestido de Beth había sido escogido por sus amigas en la tienda Khalifa de Liverpool. Cuando Khal le puso la alianza de boda oficial en el dedo, Beth se convirtió en la reina de Q'Adar.

Aquel día pareció interminable, hasta que se quedaron juntos de nuevo.

–No era necesario que hicieras todo esto por mí –protestó Beth, mirando hacia el océano mientras el yate de Khal dejaba el puerto.

Su luna de miel sería breve y maravillosa, pues ninguno de los dos quería separarse de Hana más que unos días. Por supuesto, Beth no sabía que Khal lo había preparado todo para que Faith y Hana se reunieran con ellos en el yate cuando llegaran al siguiente puerto. Era sólo una de las muchas sorpresas que el gobernante de Q'Adar había planeado para su amada esposa.

–Sé que no tenía por qué hacerlo –repuso él y se acercó para apartarle el pelo de la cara–. Por eso me dan ganas de hacer muchas cosas por ti.

–Bueno, me alegro mucho…

–Yo también me alegro –replicó él y observó los anillos que ella llevaba–. Los colores del zafiro siempre nos recordarán que nuestra vida está llena de posibilidades.

–¿Si la agarramos por el cuello y la sacudimos? –sugirió Beth, riendo.

–Yo no podría haber encontrado mejores palabras para describirlo –afirmó él–. Aunque ahora estaba pensando en otra cosa –añadió, mirando hacia la puerta que llevaba a su camarote…

–¿Es el momento adecuado para un apasionado corazón de rubí? –preguntó ella con una sonrisa.

–Exacto –dijo él, tomándola en sus brazos.

Bianca™

¡La convertiría en su esposa en Navidad!

Blossom era una chica corriente, alguien que nunca atraería a un hombre rico por mucho tiempo. De hecho, sólo seis meses después de casarse, su primer marido la había abandonado por una despampanante modelo… en Nochebuena.

Por eso cuando apareció en su vida Zak Hamilton, un empresario rico y poderoso, Blossom no comprendió que le pidiera una cita… y decidió no dejarse embaucar por él.

Pero Zak comprendía perfectamente el miedo de Blossom y veía su modestia como un desafío. Tenía que hacerla suya…

De la traición al amor

Helen Brooks

Acepte 2 de nuestras mejores novelas de amor GRATIS

¡Y reciba un regalo sorpresa!

Oferta especial de tiempo limitado

Rellene el cupón y envíelo a

Harlequin Reader Service®
3010 Walden Ave.
P.O. Box 1867
Buffalo, N.Y. 14240-1867

¡Sí! Por favor, envíenme 2 novelas de amor de Harlequin (1 Bianca® y 1 Deseo®) gratis, más el regalo sorpresa. Luego remítanme 4 novelas nuevas todos los meses, las cuales recibiré mucho antes de que aparezcan en librerías, y factúrenme al bajo precio de $3,24 cada una, más $0,25 por envío e impuesto de ventas, si corresponde*. Este es el precio total, y es un ahorro de casi el 20% sobre el precio de portada. !Una oferta excelente! Entiendo que el hecho de aceptar estos libros y el regalo no me obliga en forma alguna a la compra de libros adicionales. Y también que puedo devolver cualquier envío y cancelar en cualquier momento. Aún si decido no comprar ningún otro libro de Harlequin, los 2 libros gratis y el regalo sorpresa son míos para siempre.

416 LBN DU7N

Nombre y apellido	(Por favor, letra de molde)	
Dirección	Apartamento No.	
Ciudad	Estado	Zona postal

Esta oferta se limita a un pedido por hogar y no está disponible para los subscriptores actuales de Deseo® y Bianca®.
*Los términos y precios quedan sujetos a cambios sin aviso previo.
Impuestos de ventas aplican en N.Y.

SPN-03 ©2003 Harlequin Enterprises Limited

Vuelve conmigo
Susan Meier

El empresario Dominic Manelli tenía que hacerse cargo de un sobrino que acababa de quedarse huérfano y necesitaba ayuda. Afortunadamente, sabía bien a quién pedírsela: a la eficiente Audra Greene.

Sabía que su comportamiento de playboy acabaría rompiéndole el corazón a Audra y que no debería ni acercarse siquiera a una empleada, pero cada vez que la miraba, cada vez que la veía sonreír, deseaba dejar de salir y quedarse en casa con ella y con el bebé.

Pasó de llevar la contabilidad de una empresa a cambiar pañales... ¡y todo por un guapo millonario!

Deseo™

Sólo por ti
Peggy Moreland

El millonario Garrett Miller había llegado a Texas con un falso pretexto. Le había dicho a Ali Moran que estaba alojado en su pequeño hotel por motivos puramente de negocios, pero lo cierto era que su verdadera intención era descubrir todos los secretos de Ali... y utilizarlos en su propio beneficio.

Por muy inocente que fingiera ser, Garrett no podía creer que Ali no supiera el poder que ella podría tener sobre la familia Miller. En cualquier caso, muy pronto sólo pudo pensar en aprovechar el poder que él ejercía sobre ella... un poder muy apasionado.

Era un hombre al que nadie rechazaría...